# A Monsieur Z. ORIOLI

MANUFACTURIER A PONTCHARRA (ISÈRE)

Il y a des hommes qui ont dans le cœur la passion des ténèbres ; vous, Monsieur, vous avez dans l'esprit la scien e des lumières, de telle façon que toutes les porte que la haine trouve fermées, votre bonté les trouve ouvertes. Voilà pourquoi je dédie ce livre à vous, qui avez le cœur haut et qui aimez les perspectives changeantes de la pensée et de l'infini, parce que l'infini de la terre vous rappelle l'infini du ciel ; à vous qui aimez mieux la nature, qui est le monde de l'âme, que la société, qui est le monde du corps, parce que la société laisse tomber le corps dans la terre, tandis que la nature donne à l'âme des ailes ouvertes pour s'envoler dans l'aurore ; à vous qui, avec un seul sentiment de votre cœur, conduisez votre famille que vous couvrez toute de l'ombre de votre pensée, parce que vous savez prendre au temps ce qu'il a de passager et à la sagesse ce qu'elle a d'éternel.

Je vous dédie l'histoire d'une nature comme vous les aimez, forte comme le bronze, bouillante comme une fournaise, pleine de lumières comme le jour, remplie d'éclairs comme la tempête, et dont les larmes du malheur ont été essuyées par les baisers de l'affection.

J'ai tâché de colorer ma pensée des mêmes teintes que ce ciel d'Afrique, toujours clair et brûlant comme le cœur enflammé des Maures et où le soleil du matin, comme une bombe, éclate sur le jour et fait rejaillir sur le monde sa mitraille de rayons.

Dans ce pays, autrefois peuplé d'hommes de guerre et d'hommes de plaisir, tous lancés à bride abattue à travers leurs passions fougueuses et leurs plaines immenses, une civilisation couverte de plaies a débarqué nu-pieds de l'autre monde pour venir effeuiller là sa couronne de maux dans son tablier de ténèbres. Et ce peuple qui jadis écrasait des montagnes et les faisait vanner par la bouche de l'ouragan, n'a plus même assez de souffle aujourd'hui pour ranimer son énergie qui s'éteint.

Je ne veux donc pas seulement représenter une passion, ni un homme ou un sentiment ; je veux montrer tout un climat, toute une civilisation, tout un peuple et vous témoigner par cette œuvre l'affection que je vous porte.

Louis THIABAUD.

Arvillard, le 8 septembre 1874.

# MIRACLES DE CORNAILLOU

## I

Un bloc de ténèbres fendu par un coup de tonnerre et refermé par la disparition de l'éclair, voilà la situation.

La nuit était tellement épaisse, qu'on ne voyait ni ciel ni terre. La nature était effarouchée par le vent. De grosses gouttes de pluie s'écrabouillaient par ci par là.

Un homme passait dans ce trouble funèbre. Il côtoyait une maison. A côté, deux grands arbres remuaient effroyablement leurs têtes.

L'homme s'approcha à tâtons. Un trou de lueurs perçait les ténèbres.

Il frappa devant lui.

Tout-à-coup ce trou de serrure s'agrandit

haut et large et devint une porte ouverte. La porte ouverte laissa voir une pleine maison de clartés.

L'homme entra, regarda et frappa sur la porte ouverte.

Personne ne vint. Pourtant il y avait de la lumière.

Il pénétra plus avant.

Il refrappa plus fort.

Personne ne répondit.

Il entra timidement.

Personne ne se présenta.

L'intérieur de la maison silencieuse, construite de plain-pieds, n'était meublé que d'une lourde table. Dans une niche de la muraille, brûlait une mèche de lampe, ce qui jetait une clarté vague sur le pavage en dalles et sur les murs blanchis à la chaux.

L'étranger sentait dans son cœur haletant comme une évaporation de lui-même. Il refrappa trois coups bien distincts et cria en langue arabe :

— Ouvrez.

Aussitôt, derrière lui, la porte se referma toute seule avec un bruit formidable, et une trappe se rouvrit béante devant lui. Le même ressort avait fait opérer les deux mouvements. Il avait entendu des barres de fer grincer si durement dans leurs rainures que les murailles de la maison furent ébranlées de la secousse.

Pris comme dans une souricière, l'étranger s'avança résolument sur le bord de la trappe. Il y avait un escalier, comme pour descendre dans une cave.

Il descendit.

— Bah ! se dit-il en lui-même, si je rencontre un mauvais parti, j'ai de quoi me défendre.

En effet, un sabre pendait à son côté. Cet homme était couvert d'une capote grise. Il portait le costume d'un soldat français. Sa figure brunie par le climat avait un air dur. Son allure était martiale et décidée.

Après avoir descendu une vingtaine de marches par un escalier en colimaçon, il arriva dans une petite cour entourée de portiques. Les piliers des portiques étaient en colonnes de pierres rondes. Une clarté blafarde teintait les murs. C'était une combinaison de reflets si drôlatiques qu'il pensa qu'il y avait par là une pompe magique qui devait refouler de la lumière dans ce réduit.

Ni bruit, ni voix, ni pas ne se faisaient entendre. L'œil tendu, l'oreille dressée, le cœur en arrêt, il attendit.

Il écoutait avec précaution. Sa poitrine était boutonnée. Sa main gauche, qui semblait tenir quelque chose, était fourrée entre les revers de son habit. Sa main droite gardait la poignée de son sabre, qui sortait de la poche de sa capote.

Il fit le tour des portiques et trouva deux ouvertures avec des escaliers pour descendre plus bas.

Ferme et intrépide, il se hasarda encore à descendre dans ce troisième étage souterrain. En bas, il trouva une plate-forme dont le dessus était un dôme soutenu par de fines colonnettes de marbre.

La lumière rouge d'une lampe qui éclairait ce caveau avait une si sanglante lueur qu'on eût dit que l'huile qui brûlait était du sang.

Sur cette plate-forme, il y avait des vases de fleurs et des banquettes recouvertes de soie bigarrée et des nattes recouvertes de bizarres étoffes.

Au milieu de l'enceinte, uné grosse pierre montait comme une cheminée dépasse un toit. C'était la margelle d'un puits. Autour de la plate-forme on voyait des portes comme des entrées de cellules.

Aux côtés des portes il y avait des lucarnes, et à chaque lucarne, l'étranger crut voir des têtes qui sortaient du mur pour regarder. Alors, il tira sa main de dessous sa capote et il agita un papier qu'il tenait comme un message ; mais au même instant, un arabe, pieds nus et barbu, lui sautait sur les épaules et le terrassait en le saisissant par le cou, au-dessous de la nuque.

L'aventureux soldat, roulé à terre à l'improviste et étranglé par un poignet de fer, râlait quelques mots saccadés en arabe.

— (*Edinebouc kefasche?*) Moi, ami, moi ton ami. Vilain que fais-tu ? Je viens par l'ordre du caïd vous porter de ses nouvelles et tu m'assassines? Voilà, voilà! criait-il en se débattant sous les coups pour montrer la lettre qu'il apportait.

Mais l'arabe n'écoutait pas. Il tenait l'inconnu par le tronc et par le cou et il tâchait de le charrier ou de le trainer vers le puits. Pendant qu'ils bataillaient ainsi, une mauresque affolée

accourut vers les combattants. Elle se lamentait
et criait. Elle appelait Allah au secours.

Personne ne venait. Le bruit était enterré
sans écho.

Le soldat s'efforçait par des élans brusques de
s'arracher sous l'étreinte de l'arabe. L'arabe le
serrait avec rage. Par un effort convulsif, il souleva, sur ses épaules arc-boutées à terre, l'arabe
qui perdit pied et culbuta. Ensemble ils s'étaient
relevés d'assaut, tous deux enchaînés l'un à
l'autre. Le soldat avait pu se relever pour prendre son ennemi face à face. Les chances de la
lutte avaient changé d'aspect. Ils s'étreignirent
avec une nouvelle furie. Leurs muscles raidis
sortaient à fleur de peau comme des cordes
bandées.

L'arabe se sentait ébranlé. Son regard de
sang menaçait de faire éclater ses yeux.

Les deux combattants, tous deux, étaient
cramponnés d'une main au rebord du puits. L'un
s'en servait comme d'un point d'appui pour ame-
ner l'autre ; l'autre s'en servait comme d'un point
de résistance pour ne pas se laisser entraîner.

Ils haletaient tous les deux. Ils ronflaient sous
la puissance de leurs efforts. Tantôt courbés

l'un sur l'autre, les bras de l'autre tordus par
les bras de l'un, ils ne pouvaient pas se servir
de leurs armes. L'un n'avait pu dégainer son
sabre, l'autre n'avait pu tirer son coutelas. Cul-
butés sans se lâcher, se relevant sur un genou
et se tenant toujours dans un embrassement
fratricide, ils n'avaient pas le temps de se
parler.

La femme pleurait, et enfin, elle se mit à
aider l'arabe à précipiter l'inconnu. Elle était
vigoureuse et énergique. Cette auxiliaire détermina le sort de la bataille.

Pendant que les deux combattants, poitrine
contre poitrine, s'étreignaient avec fureur en
se carrant sur leurs jarrets nerveux et raidis, la
femme prit une jambe du soldat pour la sou-
lever. Les combattants chancelèrent. Le soldat
tomba à la renverse sur la margelle du puits.
Par un effort suprême il se releva et repoussa
son adversaire jusque debout, et la femme
arracha de nouveau du sol le pied du soldat et
le porta dans le vide du puits.

Cette fois, c'en fut fait.

Manquant de base et d'appui, le soldat se
laissa aller. Il n'avait plus que ses mains cram-

1.

ponnées à son ennemi pour se retenir. Déjà il était suspendu dans le gouffre noir et il ne lâchait pas. Il voulait entraîner son adversaire avec lui. Il rugissait d'efforts.

L'arabe avait été déguenillé par la lutte. On voyait par endroit sa peau rousse à nu. Ses muscles sortaient en gonflements. Il rageait. Il était essoufflé.

Le soldat ne lâchait toujours pas. Il était pendu sur un abîme de ténèbres. Sa vie tenait à ses mains. Aussi, il tenait bon. Voyant cela, la femme avait tiré un couteau et s'apprêtait à lui couper les poignets.

Le soldat redoublait d'efforts. Il se secouait pour ajouter tout son poids à sa manœuvre. L'arabe avait les bras retenus et plongés dans le puits. Il ne pouvait se dégager. Il penchait déjà la tête en bas dans l'orifice, entraîné qu'il était par les élancements et le poids de son ennemi, lorsque la femme plongea sa main armée sur la tête de l'étranger suspendu. Le coup piqua le crâne et détermina sa chûte. Le soldat lâcha prise et alla tomber dans les bas fonds de ce puits de ténèbres.

## II

Quand ils furent ainsi délivrés de cet audacieux visiteur, l'homme et la femme tirèrent un long souffle.

La casquette du soldat était à terre, et près de la casquette il y avait un papier. La femme prit curieusement ce papier et le déplia. En ce moment, apparut sur la plateforme, une jeune fille qui avait épié le combat et qui venait audevant de sa mère.

Le papier déplié, cette femme vit quelques lignes d'une écriture qu'elle connaissait. Elle sourcilla affreusement. Une révolution d'idées tournoya dans sa poitrine. C'était écrit en arabe et voici ce qu'elle lut avec tremblement :

« Ma chère et tendre épouse,

« Il te faut accueillir comme un frère ce soldat qui te portera de mes nouvelles. Je l'ai mis dans le secret de notre maison. Il faut de la discrétion et de la prudence. Il faut combler de biens et de caresses ce soldat, qui est pour nous comme un ange libérateur envoyé par Dieu. Dis à mon frère Ameth, qui vous a en sa bonne garde, de bien écouter les observations de cet envoyé. Il est un des chefs de ceux qui me gardent en prison. Il est bon, il n'est point barbare comme les Français. Il ne nous fait pas battre avec des verges et nous fait donner à manger, non pas comme à des pourceaux, mais comme à des hommes. Il ira souvent vous voir. Peut-être un jour pourra-t-il me laisser évader: mais, tout au moins, il adoucit ma captivité. On parle ici de ma mort; je n'aurai alors mon salut que dans ma fuite. Soyez donc doux pour lui comme des gazelles. Que mon frère lui donne une poignée d'or, le fasse boire du bon lait et manger du meilleur *couscoussous*. Il faut le régaler. Je soupire après le moment de le revoir afin qu'il m'apporte de vos bonnes nouvelles, qui me seront comme des paroles du paradis. Il connaît l'arabe. Il faut être prudent avec lui afin d'en tirer tout le bien qu'on pourra.

« Adieu l'aimée de mon cœur et l'ange de ma vie. Conserve bien Hiamina, ma fille Hiamina, qui m'est le plus beau cadeau d'Allah, en ce monde.

« Ton époux,

« MESSAOUD-BEN-LAKDAR. »

Dès les premières lignes de cette lettre, Amar et sa belle-sœur Fatma étaient navrés de ce qu'ils venaient de faire. Ils avaient enfoui l'ange sauveur. Ils l'avaient combattu. Ils l'avaient peut-être tué.

Fatma se tournant vers Hiamina, lui disait, en lui montrant la lettre de son père :

— Tiens ma fille, malheur à nous, nous avons brutalement rejeté l'envoyé de Dieu, l'ange libérateur de ton père, le messager de bonheur.

Aussitôt Ameth et Fatma allèrent vers le puits, penchèrent leurs têtes en dedans, et crièrent :

— Pardon, jeune Français, pardon. Tu venais pour nous faire du bien, nous t'avons fait du mal. Tu dois vivre encore; car les hommes comme toi, Dieu les protége. Oh! pardonne-nous, nous allons à ton secours et réparer notre sottise.

Ils entendaient d'en-bas un râlement humain comme le soupir d'un trombonne enrhumé. Ameth était aussitôt allé chercher une lampe et une échelle en corde qu'il avait hissée lentement par le trou.

Au fond de ce puits, il n'y avait pas d'eau. C'était un silos : espèce de cavité renflée en bouteille de courge ; cela servait de grenier, de cachot et de trésorerie. C'était un ventre avec une gorge pour seule issue. On ne pouvait en remonter que par une échelle.

Le soldat vivait encore. Il était tombé sur un tas de blé, ce qui avait amorti le choc de sa chûte. Il se sentait alourdi. Il s'était un peu meurtri les flancs dans les secousses de la lutte. Quand il vit apparaître cette lumière qu'on lui envoyait, quand il eut considéré l'échelle de corde qu'on lui descendait, le soldat crut voir approcher le supplice de sa dernière heure. Mais il fut consolé, quand il eut entendu d'en haut la voix d'une femme qui lui disait :

— Sois magnanime, ô pauvre jeune homme ! pardonne à notre erreur. Viens, monte, nous te ferons tout le bien possible ; car tu n'es pas un enfant du péché, tu es un enfant de l'amour, un fils de prophète.

Pendant ce temps, Ameth attachait le bout de l'échelle de cordes à un crampon de la margelle.

Hamina regardait faire et dire tout cela avec tristesse et compassion. Elle avait lu la lettre de son père. Son cœur était ému.

Le soldat abasourdi restait toujours couché et remuait à peine. Il n'avait pas la force de se relever.

Ameth descendit par l'échelle pour l'aider à remonter. Arrivé au bas, il s'agenouilla et baisa les pieds de celui qu'auparavant il avait précipité là, et il lui demandait pardon à outrance.

Le soldat ému écoutait et comprenait qu'on avait lu la lettre et qu'ils avaient reconnu leur erreur. Son désespoir avait trouvé une porte de salut.

Il regarda avec colère l'arabe repentant et lui dit :

— Espèce d'imbécile, ne pouvais-tu pas me laisser parler avant de m'attraper par le cou ?

— C'est que, vois-tu, l'ami, personne ne

vient ici jamais. Il n'y a que nous trois qui
habitons là et qui savons comment est construite
la maison de mon frère Messaoud. Monté, tu seras
désormais le bien-venu. Viens, je te ferai plus
de bien que je ne t'ai fait de mal. La nuit est
encore bien longue. Nous avons le temps de te
soigner. Pardonne-moi, je t'aime bien. Pardonne-moi. Allons, viens, dit-il, en l'aidant à se
relever et en plantant la lampe dans le tas de
blé.

Le soldat eut de la peine à se mettre debout.
Il se sentait tout brisé. Pourtant, il pouvait faire
jouer tous ses membres : ce qui prouvait qu'il
n'avait aucune fracture.

L'arabe le chargea sur ses épaules et grimpa
par l'échelle de corde. La grosseur des deux
hommes passa juste par le goulot du puits.

Arrivé sur la plate-forme, on déposa le soldat
sur des coussins et Fatma le combla de caresses.
Elle lui apporta des figues, des bananes, des
dattes, du kouscoussou à la poule, au mouton
et à la citrouille, des viandes rôties, des galettes
et du lait frais. Le soldat se sentait renaître. Ses
forces revenaient.

Il examina en mangeant l'endroit où il était.

Cela formait un palanquin en pierre. Il y avait huit portes ouvrant sur des chambres étroites, à en juger par l'espace et par la longueur des portiques.

Dans un coin, une fontaine versait de l'eau dans un bassin en pierre. Une infinité de flambeaux en cire blanche, accrochés à des clous plantés dans les colonnes de marbre, éclairaient cette habitation. En même temps, des cassolettes brûlaient des parfums d'une odeur fine et délicieuse comme une respiration de bonheur. Cet intérieur avait l'apparence d'une petite cathédrale sans autel.

Pendant que le soldat admirait tout cela, il vit apparaître Hiamina, qui venait vers lui et le contemplait avec un air langoureux et plein de compassion. Au contraire des habitudes mauresques, elle avait le visage découvert, les bras nus, les cheveux flottants, une robe sans taille et des sandales aux pieds. Sa robe était brodée et festonnée par des fils d'or. Ses sandales étaient cousues à jour avec des fils d'argent. Elle avait des bracelets aux mains et aux pieds et portait autour du cou un beau collier de perles.

Quand le soldat vit cette charmante jeune
fille, il sentit passer dans son âme une sensation
électrique qui le bouleversa. Elle était bien
belle, Hiamina. Ce devait être une de ces fées
qui appellent les passants au fond d'un puits.

N'avez-vous jamais vu les couleurs du carmin
dans l'arc-en-ciel? Eh bien, il y en avait sur son
visage. N'avez-vous jamais vu, à l'horizon, la blancheur de la neige colorée de rose par une belle
aurore? Eh bien, il y en avait sur ses joues.
N'avez-vous jamais vu ce luisant nacré du
corail? Eh bien, il y en avait sur ses belles
dents. N'avez-vous jamais vu ces ciselures papil-
lotées des coquillages? Eh bien, il y en avait à
ses oreilles. N'avez-vous jamais vu le bleu du
ciel à travers les profondeurs limpides des eaux
d'un lac? Eh bien, il y en avait dans ses yeux.
N'avez-vous jamais vu cette noirceur épaisse des
ténèbres longuement répandues sur la nature
luxuriante? Il y en avait dans sa chevelure.
N'avez-vous jamais vu la fraicheur suave d'un
lis et d'une rose dans un jardin, au mois de
mai? Eh bien, il y en avait sur sa physionomie.
N'avez-vous jamais vu les rayons langoureux
d'une étoile? Eh bien, il y en avait dans son

regard. Voir, aimer, posséder cette jeune fille, et puis on aurait assez eu de bonheur pour ce monde.

C'est du moins ce que pensa le soldat.

Pendant ce temps, Fatma écrivait à son époux Messaoud.

Messaoud était le caïd d'une tribu des Karesas. Quand l'insurrection de l'Edougt éclata, les bureaux arabes le prirent comme *khébir* pour guider la colonne. Mais pendant l'expédition, qui dura trente jours, un mouvement de l'armée française échoua et on l'attribua aux mauvais renseignements du caïd, que l'on supposa être de connivence avec les ennemis. Mis en prison avec les chefs des insurgés, il ne s'agissait rien moins que de le fusiller.

A cette époque, les arabes étaient traités durement. Sur un simple soupçon, on les condamnait à mort : parce qu'ils ont un caractère faux. S'ils sont les plus forts, ils sont impitoyables. S'ils sont les plus faibles, ils sont de la plus basse soumission jusqu'à ce qu'ils puissent se venger. On dirait qu'ils ne se courbent si bas devant l'autorité que pour mieux guetter les moyens de la renverser.

Le caïd Messaoud était donc enfermé à la
prison militaire de Bône. Il attendait avec
anxiété son jugement. Peut-être serait-il condamné à mort, peut-être serait-il condamné au
bagne. Ce qui le tourmentait dans tout cela,
c'était d'abandonner sa fille Hiamina et sa
femme Fatma.

Le soldat qui lui rendait ces services de messager, était une de ces bonnes natures qui ne
voient dans une action que le bien et qui sont
plutôt mus par le cœur que par le raisonne-
ment, car Cornaillou s'exposait à une grave
peine en violant la consigne la plus sévère ;
mais lui se familiarisait avec le service et
n'écoutait que son inspiration. Il était de planton tous les deux jours à la prison militaire. Il
se trouvait là au milieu d'un bagne accoutumé.

Le lendemain de cette aventure, il se rendit
de grand matin à Bône. Il rentra avant l'appel
à la caserne Damrémont, qui alors n'avait pas de
murailles d'enceinte. Il se coucha et se reposa
toute la journée.

Le surlendemain, il reprit sa faction à la
prison militaire. Le caïd, en le voyant venir,
sentit son cœur palpiter. Il voyait dans ce pan-

talon rouge, dans cette giberne, dans ce sabre, dans toute cette personne de soldat, l'équipement d'un ange consolateur.

Ils se louvoyèrent l'un l'autre avant de s'accoster. Le soldat eut l'air de faire un tour dans la cour pour se rendre compte de la situation de sa consigne.

La prison militaire de Bône est bâtie contre un rempart de la vieille ville. On y arrive par cinq marches d'escaliers. Au sommet, il y a une porte avec un sergent derrière. Il vous fouille, vous inspecte et vous regarde dans l'œil pour étudier si vous avez de la contrebande quand vous entrez dans sa *turne* de galériens. Si l'on a un service à faire, il menace d'avance. Si vous allez chez lui avec une permission, il grogne en prenant votre papier timbré par la Place, vous fait suivre, vous accorde cinq minutes et se tient sur vos talons. C'est un cerbère implacable. Chez lui, le tabac est prohibé, le vin est prohibé, l'argent est prohibé, le papier est prohibé.

Les prisonniers mangent dans une vaste gamelle de méchantes tranches de pain remuées dans l'eau chaude. Le soir, on rentre les détenus dans les cachots à l'heure où l'on rentre les

poules au poulailler. Le matin, on les fait sortir
sur le préau, dès 9 heures, après que la garde
est relevée.

Un piquet de soldats est assis devant la porte.
Un caporal de planton est assis derrière la
porte. Des factionnaires veillent aux quatre
coins et président aux corvées de nettoyage.

Cornaillou était le caporal de planton. Il avait
la surveillance de la cuisine, de l'observance
du règlement à l'intérieur. C'était en faisant
ses tournées qu'il pouvait converser ou inter-
roger les prisonniers.

Le caïd, qui était au guet, sentait une joie
puissante qui balbutiait dans sa poitrine. Il
suivait Cornaillou en ayant l'air de rôder. Arrivé
dans un coin où se trouvent les lieux d'aisances,
sous prétexte d'inspecter la corvée, Cornaillou
s'arrêta et regarda le caïd du coin de l'œil.

Celui-ci s'approchait lentement comme un
penseur qui se promène. Quand il fut à côté de
Cornaillou, il leva la tête. Celui-ci entra sous le
toit du hangar. L'autre le suivit. Ils étaient
seuls.

Cornaillou lui remit furtivement la lettre que
l'autre cacha aussitôt sous son burnous en l

pressant sur son cœur. Puis l'arabe lui dit, en lui baisant la main :

— Qu'Allah te bénisse toi et ta postérité !

Cornaillou lui raconta, en termes moitié arabes et moitié français l'accueil ingrat qu'on lui avait fait.

— Oh ! pardonne, mon bon ami, pardonne à ces pauvres femmes innocentes et à mon bon frère. Songe qu'aucun autre européen que toi n'a jamais mis les pieds dans le fond de notre demeure. Oh ! je t'en prie, ne nous garde aucune rancune. Tu as un cœur d'or. Si Dieu veut que je sois libre un jour, je serais le plus dévoué de tes amis, le plus serviable de tes serviteurs et le plus reconnaissant des protégés. Si Dieu veut que je meure, eh bien ! je chargerais mon frère de s'acquitter envers toi de cette dette de reconnaissance, plus sacrée mille fois que toutes les houris de Mahomet, car toi, tu nous procures non-seulement le plaisir, la joie et le bonheur à tous, mais aux qualités des anges du ciel, tu y ajoutes les pouvoirs d'un Dieu. Oh ! laisse-moi encore embrasser, lui dit-il en lui prenant la main, cette main divine qui vient à mon secours, qui est mon salut et qui me donne à poignées le peu de bonheur qui puisse me rester sur terre.

Ses yeux, jusqu'ici secs et lumineux, se détrempaient maintenant dans les larmes. Le caïd pleurait de tendresse. Son émotion le prenait à la gorge.

En ce moment on entendit résonner les pas de quelqu'un qui venait.

Le caïd releva le capuchon de son burnous et baissa la tête en s'en allant dans un coin de sa prison.

Toute la nichée était dans la cour. Lui, il se blottit sous la lucarne du cachot, tourna le dos à la porte et, prenant l'attitude d'un prieur, il savoura la lecture de la tendre et chère lettre de sa chère et tendre épouse.

Voici ce qu'il lut :

« Epoux de mon âme,

« Le messager divin qui te portera l'expression des chagrins inconsolables de ton épouse et de ta fille, te racontera le triste accueil que, par malheur, nous lui avons fait. Nous sommes navrés de cette mésaventure, mais il paraît avoir bon cœur. Prie-le de revenir nous apporter de tes nouvelles comme nous l'en avons

prié. Si, au moins, il pouvait adoucir les maux
que tu endures injustement. Oh ! qu'Allah est
cruel de te laisser martyriser ainsi par des barbares. Allah s'en est-il allé parce qu'il n'avait
plus assez de forces contre eux ? Je veux envoyer
des *chaouchs* en pèlerinage à la Mecque pour
prier Allah de venir à notre secours. Quand je
vois sur la table le pain, le kouscoussou, les
fruits et toutes nos denrées qui abondent ici et
que je pense que peut-être tu as faim, que tu es
malheureux, je ne puis manger. Hiamina est
triste et me regarde en pleurant. Nous sommes
déjà dans la tombe : il ne nous reste du monde
que la vie. Nous n'avons pas revu le soleil depuis ton départ. Toute la journée nous sommes
à genoux devant la crainte et la pensée que tu
vas mourir et que toutes nos prières, que toute
notre fortune, que tous nos efforts seront comme
s'ils n'étaient pas pour empêcher ta mort.

» Dis-nous ce dont tu as besoin et ce que
nous pourrons t'envoyer. Nous attendons dans
cet ennui ton messager, qui semblera, en nous
apportant de tes nouvelles bénies, charrier un
peu de ta personne et nous apporter un morceau de toi-même.

2

» Adieu en attendant mieux. Le cœur de Hiamina et le mien sont avec toi jour et nuit. Nous t'accompagnerons jusqu'au bord de l'éternité si tu ne reviens pas. Mais prie, implore, sollicite tes bourreaux ou tue-les pour fuir. Nous fuirons avec toi jusqu'au bout du monde s'il le faut.

» Ton frère Ameth gouverne toujours avec bonté ta maison. Et nous t'embrassons tous avec chacun de nos soupirs.

» Ta FATMA. »

A chaque parole de cette lettre, le caïd sentait un battement d'aile dans son cœur et un transport qui lui faisait battre la tête contre les pierres de sa prison. Dans son âme féroce, il sentait surgir des instincts de bête fauve contre les Français. Il éprouvait l'appétit d'une haine carnassière contre ces chiens immondes dont il était obligé de lécher la queue.

Il se releva, le regard sinistre, et fit dans sa sombre prison des pas encore plus sombres. Cette prison était une cave avec un lit de camp pour matelas. Une petite couverture à chaque prisonnier, et c'était tout.

Il sortit, la poitrine oppressée. Il chercha des yeux son bienfaiteur. Le voir lui faisait plus de bien que la lumière du soleil ou que la respiration du grand air.

# III

Le lendemain, le soldat descendait de planton. Il était remplacé. Le soir il se rendit au bordji pour aller y porter une nouvelle lettre du caïd. Cette lettre écrite sombrement, au crayon, dans le fond d'une prison, avait on ne sait quelle odeur funambulesque.

Cette fois, le soldat s'introduisit dans la maison sans obstacle. Il trouva, accroupi dans un coin, le frère Ameth qui méditait.

Il était dix heures du soir. Une lueur vacillait vaguement contre les murs.

Ameth vint au-devant de Cornaillou, lui prit la main, la baisa, puis il poussa un ressort. La porte se ferma et la trappe s'ouvrit toute grande.

Ils descendirent sur la première plateforme, puis passèrent par la porte de gauche et se trouvèrent, après quelques marches de descente, sous la seconde corniche. Fatma et Hiamina, les entendant venir, accoururent à leur devant.

Cornaillou remit la lettre, et, pendant que Fatma lisait, Ameth était allé chercher des vivres et Hiamina considérait avec une componction ineffable le soldat. Le soldat admirait avec un plaisir inouï cette ravissante jeune fille. Ils étaient dans une contemplation mutuelle. Cet échange de regard aimantait leurs âmes. Ils sentaient luire en eux cette chaleur étrange qui fait monter la rougeur au visage.

Hiamina surtout voyait dans ce soldat un être surnaturel. Elle se sentait inspirée par un extraordinaire sentiment. Il y avait dans sa physionomie un rejaillissement de lumière. Elle était splendide d'éblouissement sous sa crinière de cheveux noirs.

Ce doit être une sensation grave et mystique que celle qu'une jeune fille éprouve en sentant tout à coup lever dans son âme ténébreuse et fermée un amour éblouissant, dans un moment critique, dans une situation d'assauts et

2.

de soubresauts, dans un réveil grandiose de la vie. Le cœur, à cette sortie du calme, à cette apparition d'un fantôme est comme un oiseau aquatique qui plonge dans un lac uni dont le fond est éclaboussé de vagues lueurs au milieu d'une prairie en fleurs suaves.

Le soldat, épris de ravissement, ne put s'empêcher de porter la main à ses lèvres et de faire signe à Hiamina qu'il lui envoyait un succulent baiser.

La jeune fille, en rougissant, se prit à sourire et recula d'un pas pour cacher son front timide derrière l'épaule de sa mère, toujours attentive et occupée à la lecture de la lettre de son mari.

Ameth apporta des mets qu'il déposa par terre. On offrit un tabouret au soldat, tandis qu'eux s'assirent tous les trois sur une natte étendue.

Pendant le repas, Hiamina ne cessait de regarder, de considérer, de contempler la figure de Cornaillou. Elle avait lu après sa mère la lettre pleine de larmes de son pauvre père. Et de penser que c'était ce soldat étranger qui était le confident et le consolateur de leurs infortunes, cela lui faisait tant de bien au cœur qu'elle l'aimait avec délire.

Cornaillou revint souvent apporter des nouvelles du captif.

Chaque fois qu'elle l'entendait descendre, le bruit de ses pas était la cadence des battements de son cœur. Et toujours Cornaillou lui faisait des signes à la dérobée de son oncle et de sa mère pour lui faire comprendre qu'il l'aimait.

Hiamina savait lire et écrire l'arabe. Son père et sa mère lui avaient appris à traduire le Koran. Elle le savait par cœur comme un thaleb.

Cornaillou se mit à étudier l'arabe. Il acheta une grammaire et des livres et toute la journée il parlait avec les indigènes. Il en sut bientôt assez pour pouvoir s'expliquer et tenir une conversation.

Et un beau jour que Fatma avait tourné les talons et qu'Ameth n'était pas là, Cornaillou remit dans la main de Hiamina une amulette. Cette amulette était une espèce de poche en scapulaire. En même temps il lui fit signe, en mettant un doigt sur la lèvre, de ne rien dire et de cacher l'objet.

Hiamina déroba l'amulette dans un pli de sa robe, et la glissa sur son sein. Comme toutes les

femmes arabes, elle était curieuse. Ce morceau
de tissu l'intriguait.

Quand le soldat fut parti et qu'elle put être
seule et hors des soupçons de sa mère et de son
oncle, elle considéra cet écrin, ouvrit la poche.
Au toucher, elle sentait quelque chose d'un peu
résistant. Elle mit deux doigts dans le gousset et
retira un bout de papier. Elle le déplia. Il était
écrit. Et voici ce qu'elle lut :

« Ma bien chère Hiamina,

» Vous êtes si belle qu'on ne peut résister au
plaisir de vous aimer. Vous êtes la Hiamina de
mon cœur. Je ne veux désormais vivre, agir et
mourir que pour vous.

» Je suis, pour la vie, celui qui voudrait vous
embrasser éternellement.

» CORNAILLOU. »

Ce qui tressaillit dans l'âme de cette jeune
fille en ce moment fut comme la transfiguration
d'une pensée en lumière éblouissante. Quand
Cornaillou revint, Hiamina avait les joues chauf-
fées à rouge par la joie. A un certain moment,
elle lui glissa sa réponse dans la main en se

détournant pour regarder si sa mère ou son oncle pouvait apercevoir son mouvement.

Cornaillou était content comme si on lui avait mis dans les mains la clef d'un trésor. Il avait hâte de partir pour ouvrir et lire le billet de Hiamina. En attendant cela, il la contemplait avec une effusion amoureuse et tous deux se disaient des mots d'amour à double sens.

La mère de Hiamina remit à Cornaillou des dattes et du beurre pour donner à son mari. Elle avait plié cela dans la feuille de sa lettre afin de mieux déguiser la contrebande.

Quand Cornaillou fut sorti de cette habitation souterraine, son premier soin fut de lire ce que lui disait Hiamina.

Le chemin était bouché par l'obscurité des ténèbres, épaissies encore par les chevelus branchages des gros oliviers touffus qui bordaient la route. Le ciel ne s'apercevait vaguement qu'à travers le treillage des arbres. Un vent frais agitait les feuilles.

Les chiens de nuit hurlaient en chœur dans le douar. Aucun feu ne luisait dans le fond de la plaine.

La nuit était avancée.

Cornaillou s'arrêta le long d'un mur et frotta une allumette sur le genou de son pantalon. De l'autre main, il tenait dépliée la lettre de Hiamina. Il présenta le papier comme un réflecteur contre le vent et lut ceci en le savourant :

« O mon tendre ami,

» Oh! que je suis heureuse que tu m'aimes. Mon amour pour toi couvait sous la cendre. Tu as soufflé dessus et voilà que mon cœur est devenu ardent comme la braise. Oh! je t'aime tant, que le soir quand tu viens, je voudrais avoir autant de regards que les nuits ont d'étoiles pour te contempler. Si tu veux, je suis à toi pour la vie.

» HIAMINA. »

Cornaillou sentit se desserrer son âme contractée par la crainte et l'impatience. Cette fois il était heureux. Il se sentait plus grand, et son âme était plus robuste. Quelque chose d'intérieur le fortifiait.

Il marchait à grands pas. Rentré à la caserne, il n'en dormit plus de joie et de contentement.

Il était heureux. Il avait de l'or dans sa poche,

de l'amour dans son cœur et du bien-être dans sa vie. Il avait le plein ciel d'espérances. Alors dans son âme se réveillèrent des idées gigantesques avec des échasses aux pieds pour enjamber les obstacles de l'avenir. Il conçut les plans les plus épouvantables d'audace et d'extravagance. Dans son imagination, prodigieusement montée, il voyait le compas de ses jambes arpenter les deux continents d'Afrique et d'Europe.

Pendant deux mois que dura la prévention du caïd Beni-ben-Messaoud, Cornaillou venait régulièrement trois fois par semaine dans le souterrain qu'habitait Hiamina pour apporter à sa mère des nouvelles de son mari. Toujours, il était entouré, flatté, cajolé. Cette femme était heureuse de recevoir un si gentil messager. Hiamina sentait son cœur se convertir en amour de plus en plus fervent.

Chaque fois que Cornaillou venait, elle trouvait moyen de lui remettre une lettre où étaient écrites les impressions de son âme allumée d'amour. Et lui, en revanche, lui passait en cachette un billet écrit avec un tison de sa passion. Le feu de l'un attisait le brasier de

l'autre. Cet échange de sentiments chauds allait
faire résoudre en larmes les vapeurs de l'âme.
L'âme est une chaudière. Le cœur est un canon.
Et c'est ainsi que cette pensée incessante du
cœur poussé contre un cœur charge de poudre la
passion humaine jusqu'à la gorge et lui prépare
pour l'avenir la plus aveuglante des explosions
si on lui résiste,

Ainsi, Cornaillou lui écrivait :

« Ma chère Hiamina, je t'aimerai non-seulement jusqu'à la mort, mais encore pendant
toute l'éternité. Je te garderai pour épouse non-
seulement en ce monde, mais encore dans le
paradis. Si ta religion n'est pas la mienne, ton
Dieu sera le mien. Prends mon âme pour la
donner à Mahomet, si tu veux, pourvu que tu
te donnes à moi, pourvu que je te possèdes
pour ne jamais plus nous séparer. Plutôt la
mort que la séparation.

Et Hiamina lui répondait :

« L'amour ne s'est jamais épanoui plus vif et
plus doux dans le cœur d'une femme que l'amour
que j'ai pour toi, mon bon ami. Non, jamais
femme n'a pu aimer un homme plus ardemment
que je t'aime. Car si je savais qu'il y ait une

fémme sur terre qui possède plus d'amour que
moi, j'irai lui demander à apprendre le secret
de tant d'affection pour m'en servir à t'aimer
davantage. Tu me parles de mourir. Oh ! mourir ? toi. Oh ! ne meurs jamais. Laisse-moi au
moins le temps de t'aimer, de te contempler,
de t'adorer et de t'embrasser longuement.

» HIAMINA. »

Ils s'aimaient donc sans bornes ; ils s'aimaient
à l'infini. Leur amour dépassait leurs forces et
leur cœur allait plus loin qu'ils ne pouvaient
aller. Ils étaient pris d'amour comme on est
pris de vin. Ils étaient capables des plus grandes
folies avec des passions aussi fougueuses,

# IV


Pendant que Hiamina et Cornaillou avaient
appris à s'aimer avec tant de ferveur, le jour
du jugement du caïd était venu. La mère de
Hiamina était plus anxieuse que jamais. Au
moment où Messaoud fut amené à la barre
pour comparaître devant le conseil de guerre
séant à Bône, son frère Ameth était dans l'assis-
tance.

La salle était pleine de spectateurs. Le tribunal
était fleuri en costumes militaires. C'était comme
un arc-en-ciel entrevu dans la brume, quand
l'imagination trouble de Messaoud envisagea sa
situation lamentable. En haut, sur l'estrade
occupée par les juges, il y avait un colonel, un

commandant, des capitaines, des officiers, des
sergents de différents grades et de différents
corps, tous portant des costumes de nuances
très-variées. Au bas, un interprète en habit bleu,
des gendarmes en uniforme gris, des avocats en
robe noire, des accusés en burnous blancs et
des spahis rouges en faction autour d'eux. Derrière, la foule fiévreuse et remuante comme la
marée, sur le sable des grèves. En haut, cloué
contre le mur, un crucifix froid qui baissait la
tête sur tout ce monde.

Quand Messaoud se leva pour répondre aux
interrogations de l'interprète, son regard était
fixe et ses bras étaient tremblants. A peine
debout, il se baissa pour ramasser quelque chose
à ses pieds. C'était un papier tombé de sa
poche. Ce mouvement fut remarqué des quatre
coins de la salle, qui avait les yeux sur lui.

Comme les prisonniers ne doivent rien avoir
dans leur poche, pas même de l'argent, le président lui demanda ce qu'il avait ramassé à
terre.

— Messaoud, montrez-nous ce que vous avez
à la main.

Messaoud hésitait et faisait semblant de ne

pas comprendre. Un gendarme lui arracha le papier qu'il avait fait disparaître dans un pli de son burnous, et alla le remettre au président. Le président le montra à l'interprète, qui lut ce qui suit :

« Mon bien cher Messaoud.

» Le soldat messager qui te remettra cette lettre te portera en même temps une petite fiole de lait et du kouscoussou pétri de mes mains. Puisse cela te réconforter le cœur pour te donner le courage de supporter fermement les ennuis que tu endures à cause de l'injustice des hommes. Dieu voudra bien leur montrer que tu es innocent et te rendre à ton épouse qui languit et à ta fille qui se désole de ton absence. Hiamina et moi sommes allés à la koubba porter des cierges sur le tombeau du saint homme Sidi-Mohammed afin qu'il intervienne à ton secours. Nous prions le Prophète qu'il nous entende et Allah qu'il nous exauce. Nous t'embrassons de cœur.

» Ton épouse qui t'aime tendrement,

» FATMA. »

Le président, après avoir entendu cette lecture, chuchotta un moment avec les juges de son
entourage. Cet entretien à voix basse parut les
intriguer. Après un instant, la séance continua.
Il fut décidé que cet incident ne devait apporter
aucune modification au cours du procès.

Deux heures après, le débat était terminé et
les délibérations étaient sorties. Le verdict du
tribunal prononçait l'acquittement pour Messaoud-ben-Lakdar.

A cette nouvelle, Messaoud se sentait comme
tombé du ciel. Son frère Ameth, qui était là, en
dansait de contentement. De joie, il embrassait
les Arabes qui se trouvaient autour de lui dans
la salle. Un instant après, il embrassait son frère
libre, et heureux ils allèrent ensuite tous deux
de compagnie au gourbis.

Quand Fatma et Hiamina les virent entrer,
rayonnants de satisfaction, elles sentirent un
transport secouer leurs entrailles et leur donner
des ailes pour se jeter dans les bras de Messaoud,
le revenant.

Le même soir, Cornaillou, qui avait appris
l'acquittement de Messaoud, alla le voir pour le
féliciter de son heureuse chance.

C'était vers le moment où le jour s'obscurcit et où les étoiles s'allument.

Il le trouva assis sur le battant de sa porte avec sa Fatma et sa fille Hiamina. En apercevant venir Cornaillou, Messaoud fit rentrer sa femme et sa fille et prit la contenance méditative d'un homme qui rêve sur l'immensité.

Quand il fut près de lui, Cornaillou lui tendit la main en lui disant avec joie :

— Eh bien ! te voilà délivré cette fois. Tu es content, hein ?

Messaoud répondit avec un air froid et maussade :

— Il n'y a pas de gloire à être délivré d'une injustice. Je n'étais pas coupable. C'était bien le moins qu'on me rendit la liberté.

Cette réponse, faite d'un ton placide, renversa de fond en comble la disposition d'esprit de Cornaillou. Cornaillou ignorait que le conseil de guerre eut découvert la lettre qu'il avait portée à Messaoud, et Messaoud, de son côté, ne se souciait guère non plus de cet incident, qui, pour lui, n'avait eu aucune gravité.

Ce qui faisait le fond du caractère de Messaoud, c'est que, maintenant qu'il n'avait plus besoin de Cornaillou, il voulait se détacher de son amitié, il voulait l'éloigner désormais de chez lui. De l'enthousiasme d'auparavant, il avait passé à la froideur la plus glaciale. Pour lui, il ne considérait les Français que comme des exploiteurs, et il avait en son âme et conscience pris la résolution d'en tirer le plus d'avantages possible en leur rendant le plus de mal qu'il pourrait leur faire,

Cornaillou désappointé, ne sachant quelle attitude prendre, s'assit à côté de lui, sur le battant de la porte pour continuer la conversation plus à l'aise. L'entretien tournait au maussade. Cornaillou prit le parti de s'en aller. Messaoud le salua avec indifférence en le voyant partir. Mais grande fut sa stupeur le lendemain, quand il vit deux spahis à cheval venir le chercher.

— Il te faut venir avec nous. On te demande là-bas au bureau. On nous a envoyés, lui dirent-ils, pour t'emmener.

Messaoud sentit toutes les bourrasques de neige de l'hiver lui passer dans les entrailles. De colère, il ne pouvait presque plus se tenir sur ses jambes.

— Savez-vous ce que l'on me veut ? demanda-
t-il aux cavaliers.

— On veut absolument te parler.

— Tiens , se dit en lui-même Messaoud , ce
sera peut-être ce gueux de soldat qui m'aura
trahi, qui aura encore raconté une vilenie sur
mon compte pour se venger du mauvais accueil
que je lui ai fait et de ce que je ne lui ai rien
donné pour ses services.

Enfin, il ne fallait pas tergiverser. Les cavaliers le guettaient du coin de l'œil. Il s'agissait
de partir. Il appela son frère Ameth et le pria de
dire à Fatma que les Français le réclamaient
encore. Il fit mettre une selle sur sa jument et
partit au trot, en compagnie des deux spahis.

Quand ils arrivèrent sur la place de Bône, un
officier les attendait. Le caïd Messaoud mit pied
à terre et l'officier l'emmena à la caserne qui se
trouve au bout de la rue Damrémont. Dans la
vaste cour de cette caserne , toutes les troupes
étaient sous les armes. Messaoud eut un moment de terreur inexplicable. Des groupes d'officiers causaient en se promenant de long en
large. On paraissait l'attendre pour commencer
une manœuvre.

Une terreur subite lui perça l'esprit comme
un coup de poignard. Il lui semblait que ses
entrailles, violemment secouées, avaient une
fièvre galopante et que son âme devenait enragée. Dans les grandes émotions, son caractère,
au lieu de s'affaiblir comme celui des hommes,
devenait furieux comme celui des bêtes féroces.

3.

# V

Cornaillou, la veille, était revenu triste et exaspéré, triste de n'avoir pas vu Hiamina et exaspéré de l'accueil de Messaoud.

Cette fois le temps était venu de combiner des plans pour avancer dans l'amour avec des ruses comme on marche dans les ténèbres avec une lanterne.

Il était triste, Cornaillou. La nuit, il n'avait pas pu dormir. Le matin, il s'était levé bien avant l'appel. Dans ses longues méditations il avait fait des recherches de plusieurs kilomètres. Tout ce chemin avait été parcouru pour trouver le souterrain qui devait le conduire auprès de

Hiamina. Pour lui, cet amour était une question de vie ou de mort.

Après l'appel du matin, il alla se promener. Il descendit sous l'allée des grands arbres qui touchent à l'église d'une part et au théâtre de l'autre, et qui se prolonge aujourd'hui jusqu'au port. Il tourna la rue du théâtre, traversa la place du marché et s'en alla vers la porte des Karesas. Les deux mains dans ses poches, comme un désœuvré, il longea tranquillement les fossés qui bordent la route.

Le temps était beau. Le soleil se levait brillant sur ce massif des montagnes de l'Edouth. Quand il eut dépassé le magasin des fourrages de l'armée, il passa devant le Koubba qui se trouve au carrefour des trois chemins qui vont à Constantine, Guelma et Bône. Il allait tourner la plantation de mûriers de gauche et s'engager sur le pont du Oued-el-Kébir pour se diriger vers le douar de sa Hiamina, quand il vit quelques petites mauresqués qui batifolaient sur le devant de la Koubba. Leurs mères étaient probablement en prière dans l'intérieur.

Il fit le tour de cette chapelle.

Derrière, trois vieilles femmes accroupies

sur leurs talons, avaient l'air d'adorer le soleil
levant. La matinée était fraîche. Elles se chauf-
faient aux rayons du matin.

Cornaillou acheva sa tournée et revint devant
la porte entr'ouverte. Tandis qu'il jetait du
dehors un coup d'œil curieux dans l'intérieur,
il vit apparaître une mauresque sur la terrasse
de la chapelle. Cette chapelle était une rotonde
vivement blanchie à la chaux. La coupole avait
un rebord à parapet très-large. On pouvait s'y
promener.

La mauresque qui venait de faire son apparition avait la figure voilée. Mais un je ne sais
quoi d'apparence et d'extérieur fit frissonner
l'âme de Cornaillou. Il se recula de quelques
pas et considéra la créature qui, de son côté, lui
portait une grande attention. Après avoir ins-
pecté l'alentour par le trou de son voile, elle se
dévisagea en plein et mit un doigt sévère sur sa
bouche pour imposer silence à Cornaillou en le
regardant.

Cornaillou, transporté de bonheur, reconnut
sa Hiamina.

Le bonheur subit qui pénétra tout à la fois
dans son être fut si grand, que cela le renver-

sait; il lui semblait que son âme éblouie s'était élargie.

Il lui envoya un baiser dont l'expression en disait plus long qu'un chapitre d'amour. Il recula jusque sous un caroubier, afin de se soustraire aux yeux importuns et, de là, il continua une série de signes qui dénotaient une quantité d'explications.

De l'autre côté du chemin il y avait une grange. Cornaillou passa le long de cette grange en examinant les pierres du mur. Hiamina, du haut du dôme, suivait du regard les mouvements de son ami. Après un instant de recherche, il parvint à ébranler avec la main et ensuite à retirer une pierre plate du mur. Il montra à Hiamina une lettre qu'il avait écrite et lui fit voir qu'il la mettait dans le trou, puis il remit la pierre dessus.

Ce trou allait devenir leur secrète boîte à lettres. Cette fois, la trame de l'amour était renouée. Le fil télégraphique allait mettre en relation ces deux âmes et les électriser de la même étincelle en infusant les sentiments de l'un dans l'autre.

Cornaillou fit signe à Hiamina d'apporter là

sa réponse, puis il envoya à sa chère déesse un baiser avec la main. Hiamina lui en rendit un autre, puis elle rabattit son voile et redescendit dans la chapelle.

Elle avait disparu comme un nuage blanc au souffle de l'air.

Cornaillou s'en alla le cœur gai. Sa matinée n'avait pas été perdue. Il avait fait une forte trouvaille, il avait trouvé le moyen de s'enlever un gros souci sur le cœur.

Il rôda quelque temps encore sous les arbres. Il ne pouvait se résoudre à s'éloigner. Mais bientôt il vit arriver deux mules conduites par un arabe, et en même temps Hiamina et sa mère mettaient le pied hors de la koubba. Il examina avec cette componction maladive le départ de sa bien-aimée juchée sur le dos de la mule. Il la suivit des yeux, il la suivit même de quelque pas, et dès qu'elle eut passé le pont du Oued-el-Kébir et qu'elle eut disparu sous les branchages des grands arbres qui bordent l'allée de la Seybouse, il se remit en route d'un autre côté. Il marchait pour marcher. Il allait devant lui clopin clopant, et ce fut ainsi qu'il arriva à la caserne vers les onze heures du matin.

La caserne était en émoi. On se préparait pour une revue générale. Tous les soldats de la compagnie, sans exception, devaient s'y trouver.

Dans la cour du quartier, déjà quelques groupes de soldats attendaient en flânant l'heure de l'appel. Cornaillou se hâta de manger sa soupe, de se frotter, de se brosser, de s'apprêter à paraître propre sur les rangs.

En regardant par une des croisées de sa chambre, grande fut sa stupéfaction quand il vit arriver au milieu de quelques officiers le caïd Messaoud. Cela lui donna un coup à la poitrine. Il ne savait comment s'expliquer cette impression subite ; mais cette apparition de Messaoud lui fit un magique effet. Il n'était pas maître de son cœur troublé par un pressentiment qui lui faisait mal. Un pressentiment indéfinissable agissait sur lui-même comme un ressort puissant.

L'heure arrivait. On sonna le premier refrain de l'appel. Cornaillou sentait son cœur plus violemment agité. Il descendit les escaliers. Les rangs se formaient déjà. Il se mit machinalement au hasard sur l'alignement. Il considérait avec effroi l'arabe Messaoud entouré de

quelques officiers. Messaoud discutait avec chaleur et avec beaucoup de gestes.

De toutes parts, les trompettes retentirent du
même refrain. De toutes parts, des voix crièrent :
*A droite, alignement*. Au commandement :
*fixe*, on vit remuer toute une longue rangée de
têtes.

On fit ouvrir les rangs et le colonel, accompa-
gné par le caïd Messaoud et quelques com-
mandants de compagnie, passa lentement sur
le front des lignes de bataille, en examinant
la figure de chaque homme.

Arrivé devant Cornaillou immobile et raidement debout, Messaoud leva le bras, allongea
l'index vers sa face et dit :

— Le voilà, c'est lui.

Cornaillou ne changea pas de couleur. Il fut
illuminé et assommé du coup, si toutefois on
peut dire que la foudre éclaire ceux qu'elle
frappe. Il était fixe, seulement ses yeux devinrent flamboyants.

Le colonel, alors, l'apostropha en lui disant
sévèrement :

— C'est vous, qui vous vous êtes permis de
violer votre consigne en faisant dans votre

service de planton une contrebande pour le caïd Messaoud pendant qu'il était prisonnier? On devine ça rien qu'en vous regardant. Voyez un peu comment vous avez astiqué les boutons de votre veste. Eh bien! mon garçon, on vous réglera votre compte.

Puis se tournant raidement vers son escorte :

— Capitaine, dit-il, faites conduire immédiatement cet homme en prison.

Un caporal se présenta avec une clé à la main. Cornaillou sortit des rangs et suivit, sans mot dire, son geôlier qui le mena et l'enferma dans une salle de police.

Le colonel congédia le caïd, lui disant qu'on n'avait plus besoin de lui, et il continua à grands pas son inspection.

Faire du bien aux Arabes, c'est s'en faire des ennemis. Cette nation a tellement été exploitée, filoutée et encanaillée par tous ceux qui lui ont passé dessus, qu'on l'a rendue défiante, féroce et barbare.

Aujourd'hui, les Arabes sont des gens dont la conscience est à double fond et dont les scrupules ont fait banqueroute. Ce sont des coquins que le mal récompense, des gueux qui vous saluent d'une main et vous escroquent de l'autre. Les uns sont parvenus par le brigandage à ciel ouvert, les autres par le vol à travers les guet-apents ténébreux : les premiers aboutissent à la crainte publique, les autres à l'indigence.

Toute cette population s'amasse et s'entasse dans un recoin, comme du fumier, et y croupit jusqu'à ce qu'elle soit déblayée par le tombereau d'une épidémie.

Ce sont les épluchures de la société, en train de pourrir : les uns usés par la lassitude, les autres par les détresses et la plupart passant le jour avec une cigarette et une gorgée d'eau, le visage barbouillé et hagard, tenant la mort entre les dents et un reste de vie dans les yeux : se trainant sur le pavé après un tas d'ordures pour y chercher d'abord, en le grattant, un reste de nourriture immonde délaissée par les chiens et se faire ensuite un oreiller du reste. La misère les met dans la boue en attendant qu'elle les mette dans la terre. Pour eux, mourir, c'est descendre d'un étage.

Depuis 300 ans, l'Algérie, (Tell, Kabylie, Sahara) est gouvernée par le pillage et la barbarie. Ce peuple git dans la fainéantise la plus inerte et s'abâtardit dans l'amolissement comme une nation dont la vie s'éteint : car du onzième au seizième siècle, l'Algérie était une confédération de petits Etats actifs et travailleurs dont les plus remarquables étaient Tlemcen, Oran, Mostaganem, Tenès, Alger, Médéah, Bougie, Bône, Constantine.

Elle était cultivée par des plantations splendides ; elle était entretenue par des races animales de première espèce ; elle était enrichie par de florissantes industries de cuirs, de soies, de tissus brodés, d'orfévrerie, d'essences, de minerais, de plombs, de manufactures d'outils et d'armes. Elle se civilisait par des ébauches d'architecture, par les lettres, par les sciences et par le trafic avec les peuplades des bords de la Méditerranée telles que les Génois, les Pisans, les Napolitains, les Tabertins, les Espagnols.

C'est l'invasion des pachas turcs qui a d'abord ravagé ce pays et l'a exploité jusqu'à la racine par le pillage, par les exactions et par les plus odieuses tyrannies. Pour rénover ce peuple abruti par 300 ans de halte et applati à force de se prosterner, il faut le recouvrir par les couches de plusieurs générations nouvelles.

Et ce qui a continué à ruiner ce beau pays, ce fut cette administration de paniers percés qu'on appelle : *le bureau arabe.* Un chef de bureau arabe arrive au commandement d'un cercle, avec une théorie toute prête, toute faite, sans avoir essayé si elle emboîte les mœurs du pays, si elle est de taille à corriger les indigènes, si elle est de mesure à embrasser l'état des tribus. Celui-ci ne veut pas entendre parler de concéder des terres aux colons européens. Un autre, au contraire, veut exterminer tous les indigènes ou les refouler à coups de canon dans le désert. Un autre veut donner tout le pays à quelques familles chrétiennes, maltaises, italiennes, espagnoles ou allemandes. L'un veut gouverner avec le sabre et ne veut pas d'autres moyens de civilisation. Il y en a qui ne voient rien de tels que de faire des routes pour mener ce peuple au progrès. Quelques-uns pensent qu'il faut régénérer ce pays en perpétuant et améliorant la race des animaux.

De l'industrie, il n'en faut pas ; des exploitations, on n'en tolère pas. Des travailleurs, on n'en a pas besoin.

A cela joignez les bandes de ravageurs,

d'exploiteurs et d'écorcheurs qui se sont jetés sur ce beau pays. L'empire ne s'est pas contenté d'en faire une succursale de Cayenne, il a laissé s'introduire dans le commerce la rouerie à l'état de vertu, il a livré les terres à des compagnies puissantes en expédients, à des sociétés qui un jour ouvraient des magasins de tous les côtés à deux battants pour y laisser entrer la confiance en masse et le lendemain mettaient la clé sous la porte fermée.

Ainsi, on a donné à une société mille hectares de terrains à défricher, avec l'obligation de payer une rente annuelle de un franc par hectare, pendant 50 ans. Il était stipulé qu'au bout de six années la société devait avoir réalisé et devait mettre à la disposition de l'État cent millions.

Au lieu d'en faire l'exploitation, la société en a fait une spéculation, au lieu de faire la prospérité de la colonie, ils n'ont fait gratuitement que leur propre bénéfice. Il mirent ces propriétés à bail à 5 ou 6 francs par hectare aux mains des arabes des tribus, qui continuèrent à cultiver mal, à gratter le sol comme ils font partout, ou ne le cultivèrent pas, afin de rester tranquilles dans leurs solitudes. De cette façon, la terra resta en friche comme auparavant, la colonie ne s'améliora pas et cette société réalisa tout de même un bénéfice colossal. Ce système ayant mit les propriétés à l'écart, força l'émigration des colons pour l'Amérique.

Voilà comment la France a soigné ce beau pays où la nature a jeté, de ci et de là, des brassées de verdure dans les solitudes et des volées d'oiseaux dans le feuillage. Et si, par dessus tout cela, vous considérez le simoun qui y apporte des nuages de sauterelles pour le ravager et le climat qui y couve des épidémies pour le détruire, vous saurez la vermine qu'il y a dans cette Afrique triangulaire encore rongée aux trois côtés par trois mers qui lui crachent dessus.

## VI

Cornaillou étendu sur le lit de camp de sa prison méditait. Si forte que fut sa colère contre Messaoud, son amour pour Hiamina était plus fort. La pauvre fille était aussi ignorante qu'innocente de tout cela. Cornaillou était exaspéré, mais il combinait les moyens de se venger victorieusement. Le froid accueil de Messaoud quand il l'avait vu devant son gourbis, et la traîtrise judaïque de sa dénonciation était terrible à penser pour Cornaillou.

Le fond de son cachot était obscur comme le fond de son âme. Il n'avait qu'un trou de lumière terne pour éclairer tout cet intérieur empesté et funèbre. Le baquet répandait une odeur fortement pimentée, les moustics lui piquaient la peau de toutes parts. Il aurait eu besoin de quatre mains pour se gratter partout où il le fallait en même temps. Les punaises se traînaient en graines noires sur le mur gris et descendaient en file vers cette victime de tous ces voraces insectes.

Aiguillonné et mordu par toute cette vermine, le cœur tordu par une colère enragée et par un chagrin révolutionnaire, le corps marinant dans l'ombre et le malaise, il se sentait serré par une fureur extatique. Il se sentait sous la cloche d'une machine à compression.

Le lendemain, on lui apporta une gamelle de soupe, un bidon d'eau et la nouvelle qu'il avait 30 jours de prison.

Le surlendemain, on lui apporta une gamelle de soupe, un bidon d'eau et la nouvelle que sa punition avait été augmentée et portée à 60 jours. Il allait être transféré à la prison militaire et réduit à la plus simple expression d'un prisonnier, obligé de manger dans l'écuelle commune six à six. Chacun armé de sa cuillère plonge à tour de rôle dans la grande gamelle.

Il entrevit dans ces soixante jours, sa liberté

close et son entrée au bagne. Son imagination se gonfla de prévisions lugubres. Derrière lui les illusions amoureuses prenaient leur vol et s'enfuyaient à tire d'aile. Hiamina serait inconsolable et verrait dans cet abandon une traîtrise.

La prison où se trouvait provisoirement Cornaillou était la salle de police. Cette salle de police était commune à plusieurs régiments. Elle se trouvait au-dessous de ce grand bâtiment qui fait face à l'embouchure de la porte Danrémont. La fenêtre s'ouvre sur le chemin et la porte s'ouvre du côté de l'église. La caserne alors n'avait pas d'enceinte. On entrait dans un corridor, et de chaque côté de ce corridor il y avait trois cellules qui pouvaient contenir chacune une demi-douzaine de prisonniers. A l'heure de la soupe, on ouvrait ces cellules et les prisonniers sortaient dans le corridor et sur la porte. Ils mangeaient leur gamelle au grand air. La discipline était peu sévère. Souvent des cellules restaient ouvertes. Quelques-unes fermaient mal. On avait tellement gratté le mur à l'intérieur qu'on pouvait facilement ouvrir les portes sans tirer le verrou. Aussi, être enfermé là, c'était plutôt une pénalité qu'une punition.

Les cambusiers du coin pouvaient sans crainte approvisionner les prisonniers qui leur faisaient signe d'apporter du vin et des comestibles. Aujourd'hui on a fait un mur d'enceinte et le quartier est fermé.

Le même soir, on amena dans la cellulle de Cornaillou deux compagnons de nuit. Cette fraternité du malheur resserre la fraternité des hommes qui couchent sur le même lit de planche.

L'un d'eux avait apporté une chandelle et un livre et il se mit à lire. L'autre se mit à sommeiller. Cornaillou manifesta des mouvements d'impatience et de préoccupation. Il vint inspecter la ferrure de la porte. Il secoua le crampon de fer dans lequel glissait le verrou qui était complètement déraciné du mur. En le curant avec son couteau, la porte vint à lui.

— Mes amis, dit-il à ses compagnons d'infortune, je vais chercher de quoi boire.

— Si tu as des *douros*, c'est une bonne idée, répondirent les prisonniers en chœur. Vive lui !

Cornaillou referma doucement la porte derrière lui, traversa le corridor sur la pointe des pieds. Arrivé au bout, il regarda au dehors s'il ne voyait personne et il sortit.

Il marchait à pas longs et précipités. Il longea l'abreuvoir en planches, traversa la place de l'église et s'engagea dans un sentier qui traverse les jardins de ce quartier inhabité avoisinant la porte des Karesas.

Le couvre-feu avait sonné depuis longtemps à tous les postes des casernes. Cornaillou jugea qu'il pouvait être plus de onze heures.

Chemin faisant, il ne rencontra personne ; mais il vit sous l'auvent des portes et dans le creu des chemins quelques arabes qui dormaient accroupis en attendant le jour.

Cornaillou sortit de la ville qui n'est gardée par aucun poste aux barrières. Il descendit à grands pas la route de Constantine et arriva en quelques minutes vers la Koubba où il avait vu sa chère et tendre Hiamina. Il s'approcha du mur de la grange où était leur boîte à lettres. Il enleva la pierre avec fièvre, et glissa dans le trou ses doigts qui retirèrent un papier.

— A la bonne heure, dit-il, en serrant avec frénésie la lettre de Hiamina.

Il était content.

Sans se préoccuper immédiatement de ce que pouvait contenir cette lettre, il en avait une de toute prête qu'il avait écrite dans sa prison. Il la mit dans cette bouche secrète de la muraille, remit la pierre dans son trou et repartit au pas de course.

Il s'en retourna. En retraversant la ville, il avait frappé à la porte d'un marchand de vins et de comestibles. On était venu lui ouvrir. Il avait acheté deux bouteilles et il les emporta pour ses camarades. Puis il alla se reconstituer prisonnier. Cornaillou avait beaucoup d'argent. Il avait touché la première prime d'un remplacement. Ses deux collègues d'infortune s'étaient réveillés en l'entendant venir. On alluma la chandelle. Et l'on se mit à boire en chœur.

Cornaillou lut la lettre de Hiamina entre deux verres de vin. Le plaisir autant que le vin lui avait fait une figure réjouie. Hiamina lui disait :

« O l'ami de mon cœur,

« J'ai entendu dire quelque chose de fâcheux sur toi par mon père. Je ne sais qu'imparfaitement l'accident malheureux qui t'est arrivé ; mais cela me navre d'appréhensions. O toi, l'ami le plus affectueux de mon cœur, sois ferme et solide dans l'adversité. Pour ma part, je suis prête à tout faire pour continuer à jouir de ton amour. Demande-moi n'importe quel sacrifice, je le ferai. Commande-moi tout ce que tu voudras de pénible, je l'accomplirai. Je suis ta servante. Je veux être ta servante parce que pour te servir il faut être près de toi. Etre près de toi, c'est là toute la somme de bonheur que je demande à Dieu.

« Je t'embrasse comme je t'aime, du plus profond de mon cœur.

« HIAMINA. »

Il y avait bien là de quoi faire plaisir à Cornaillou. Ce dévouement aveugle conduisant cette passion forcenée était une chose précieuse pour Cornaillou qui venait de lui écrire :

« O toi, la plus aimée des femmes par le plus passionné des hommes, si tu m'aimes avec tout ton cœur, avec toutes tés forces, avec tout toi-même, viens ce soir, à 5 héures, m'attendre derrière la Koubba. Un malheur m'est arrivé. Si tu veux bien m'aimer, c'est le moment ; si tu veux vivre et mourir avec moi, c'est l'heure ;

4.

si tu veux être la sainte de mon âme et l'ange sauveur de ma vie, viens ce soir. Je t'emmènerai. Viens ce soir, nous irons ensemble dans un paradis terrestre. Toi, la fille de l'amour, tu ne craindras pas de suivre l'homme de la force. Ton cœur, si plein d'affection, dans mes bras si puissants, trouvera le bonheur sûr. Le veux-tu ce bonheur pour tous deux ? Eh bien ! viens ce soir derrière la Koubba. Je passerai te prendre. Je t'aime plus que ma vie et je t'embrasse plus cordialement encore.

» CORNAILLOU. »

En venant à la Koubba, le matin, Hiamina avait pris cette lettre dans le mur. Pendant le jour, elle dit à sa mère qu'elle avait fait vœu de retourner le soir à la Koubba remercier Sidi-Mohammed-Belcassem de la grâce d'avoir délivré son père. La mère de Hiamina l'accompagna.

De son côté, Cornaillou avait reposé tranquille. Il devait être écroué le lendemain à la prison militaire. Son rendez-vous paraissait donc bien chanceux. Mais Cornaillou avait un arrière-projet qu'il ne mit pas à exécution parce que le

bureau de la Place, par oubli, n'avait pas envoyé son billet d'écrou ce jour-là.

Quand on apporta la soupe, vers les neuf
heures du matin, Cornaillou s'informa si l'ordre
de l'écrouer était venu. Il savait qu'à la prison
militaire le prisonnier n'y rentre que le matin
avant le rapport de neuf heures.

— Bon, pensa-t-il en lui-même, si ce n'est
pas aujourd'hui, demain le rat sera parti de la
souricière.

Vers les dix heures du matin, en Afrique, on
sonne la retraite pour tous les militaires. Il y a
appel général dans toutes les casernes. Tous les
services sont suspendus jusqu'à deux heures de
l'après-midi. Le soldat est obligé de se coucher.
Les quartiers sont consignés. C'est une précaution hygiénique prise à cause des chaleurs acca-
blantes du milieu du jour.

Aucun soldat, sous aucun prétexte de service,
ne doit être rencontré dans les rues. Les gardes
de poste seuls sont dehors.

Cornaillou, qui connaissait Bône et cette
consigne, sortit de sa prison, vers les onze heures
du matin. La ruse faite à la serrure n'avait pas
été aperçue par le caporal de semaine, qui était

machinalement venu ouvrir et fermer. Du reste,
Cornaillou avait eu la précaution de mettre son
pouce sur le morceau de fer pour le retenir
solide pendant la fermeture.

Quand Cornaillou fut dehors, il y avait un
grand soleil qui brûlait l'air comme des étoupes
dans une atmosphère de fournaise enflammée.
Deux ou trois Arabes étaient couchés le long de
ce grand mur de l'ancienne enceinte de Bóne.
Les rues étaient presque désertes. Cornaillou,
lestement, tourna derrière le vieux rempart,
entra dans une petite ruelle arabe et par quelques contours, il retomba dans la rue Danrémont,
en face de la boutique d'un armurier. Avant de
s'engager dans cette rue, il jeta un coup-d'œil à
droite et à gauche, puis la traversa et entra résolûment chez le marchand d'armes.

— Je voudrais, lui dit-il, acheter trois revolvers.
Je suis apprenti armurier et il y a trois colons
de mon pays qui m'ont chargé de leur procurer
quelque chose de bon en fait de pistolets à six
coups.

— Mon Dieu! je n'ai pas un grand choix de
revolvers, dit l'armurier en ouvrant une cage de
sa devanture pour y prendre les armes en

question, mais j'en garantis la bonté. Voyez-moi ça, reprit-il en faisant sonner les batteries. C'est du premier choix. Je suis persuadé que vos amis seront contents de cette acquisition. Je garantis qu'il y en a pour une éternité, d'une arme comme ça quand elle est soignée.

— Combien en voulez-vous, dit Cornaillou après les avoir examiné et retourné plusieurs fois dans ses mains.

— Il ne me sera pas possible de vous les laisser à moins de 60 francs chaque.

— Bigre, c'est chaud. Il ne faut pas me surfaire. Allons, voyons, sapristi je ne suis pas un Arabe, moi.

— Je le sais bien. Si vous étiez un Arabe, je ne vous les vendrais pas, parce qu'il nous est défendu de leur vendre des armes.

—· Mais, moi, je vous en prends trois. Il me faut bien un rabais.

—Enfin, pour vos frais de commission, je vous rabattrai cinq francs. Mais dites seulement bien à vos amis qu'ils coûtent soixante francs. Je vous promets qu'ils ne vous feront jamais de reproches.

Cornaillou sortit, pièce à pièce de 20 francs,

200 francs, fit envelopper les revolvers dans des étuis, en mit un dans chacune de ses poches et déboutonnant sa veste, il mit l'autre dans son sein, entre sa chemise et sa peau. Puis, il acheta encore toute la provision de boîtes de cartouches qu'avait cet armurier, paya et s'en alla par où il était venu.

En passant rapidement le long du mur de la caserne pour rentrer dans sa salle de police, une tête de sergent était à la fenêtre. Cette tête branla en signe de menaces. Cornaillou redoubla de vitesse et se mit à courir en se faisant petit. Le regard de ces deux yeux d'Argus lui avait passé à travers le corps comme un coup de sabre.

Il était à peine rentré dans son cachot qu'un sergent à barbiche grise y arrivait aussi. Grand, sec, figure rébarbative, nez culotté, les pommettes couleur de ce qui reste de vin au fond d'un verre, il l'apostropha avec des mots gros comme le poing.

— Dis donc, espèce de muffle, tu te permets de sortir comme ça? Eh bien! attends, tu n'en rebougeras pas de si tôt de la prison. Je veux t'y faire crever, gredin. Tu en mangeras à ton saoùl. Qui m'a fiché un trumeau de cette espèce?

— Pas si trumeau que vous, répondit Cornaillou indigné.

— Attends, je vais te faire voir qui je suis. Je vais faire mon rapport. Je te serrerai la vis, vas. Tu as démantibulé la serrure. Tu la payeras cher. Je te ferai passer en conseil de guerre.

En ce moment, le caporal de semaine arrivait essoufflé. Le sergent se tournant vers lui :

— Ah ! c'est comme ça que vous faites votre service. Vous aurez quatre jours de salle de police pour ne vous être pas assuré que la serrure d'ici était en mauvais état et pour n'avoir pas fermé la porte.

— Mais, si fait, je l'ai fermé.

— Comment se fait-il alors que cet entortillé de peaux de grenouilles est allé se balader chez le mastroquet ? Je vais faire un rapport en règle.

— Faites votre rapport comme vous voudrez. Je me fiche pas mal de vous et de votre rapport. Vous m'embêtez avec vos criailleries, dit Cornaillou.

— Ah ! c'est à moi que tu parles. Eh bien! on t'en fourrera à mort.

A ce mot qui lui jetait en pleine figure une menace hideuse, Cornaillou s'avança vers le sergent et lui flanqua un coup.

Ils s'empoignèrent tous deux à la gorge. Ils n'eurent pas le temps de se riposter. Ceux qui étaient là les séparèrent.

Le cas était pendable. Cornaillou s'était insurgé jusqu'à mériter d'être fusillé. Cette fois le sergent criait fort.

On enferma Cornaillou dans une autre cellule pour l'empêcher de s'évader. Il vit dans sa pensée Hiamina qui s'enfonçait dans le lointain.

A quatre heures, on lui apporta sa soupe. Un planton fut mis à la porte du corridor. On fit la corvée. Pendant la corvée, les prisonniers restèrent à l'abandon devant leur cellule. C'étaient eux-mêmes qui faisaient le nettoyage de leur cabine.

Cornaillou pria un de ses camarades de l'aider à vider son baquet. Le baquet aux immondices est une espèce de grand cylindre en bois avec deux oreilles comme les double-décalitres à mesurer les grains. Tous les jours, on allait le vider dans les lieux communs, qui se trouvaient à l'angle de la cour du quartier. Comme il y avait une pente de terrain pour aller des salles de police au déversoir, il fallait monter une vingtaine de marches ou bien contourner le talus.

Cornaillou avait donc pris d'un côté l'oreille de son baquet; de l'autre main, il tenait un bidon d'eau pour le rincer.

Arrivé dans les lieux communs, il dit à son compagnon d'infortune :

— Tiens, voici le bidon, va-t-en à la fontaine chercher de l'eau pour boire, pendant que, moi, je descendrai le baquet vide.

D'autres soldats étaient là qui achevaient la même opération. Cornaillou fit semblant de vouloir bien approprier son ustensile. Il sortit en laissant là son baquet comme s'il allait chercher un balai ou une poignée de paille. Il se dirigea du côté des haras. Les gardes d'écurie étaient absents.

Alors, il s'approcha d'un beau cheval arabe qu'il savait fort à la course. Lestement il le détacha. Il lui mit un solide bridon, empoigna une couverture qui était étendue sur la litière, et sautant à cheval, il file comme une ordonnance d'officier qui mène boire le cheval à l'abreuvoir qui se

trouvait en bas. Les bâtiments des haras , qu
longent la cour, empêchaient de le voir passe
de l'intérieur parce que le chemin, enfoncé dan
le sol, était trop au-dessous du niveau de l
cour. A cette époque, le terrain était déprim
par plusieurs gros talus. La route était profon
dément encaissée et descendait raidement.

On était à l'heure bruyante de la soupe. Per
sonne ne fit attention à lui. Au lieu de tourne
vers l'abreuvoir, à gauche, il contourna par l
sentier derrière l'église, sortit devant la grand
prison civile et enfila l'allée des grands arbre
au galop. Il longea ensuite en dehors l'enceint
qui s'en va aboutir sur la route de Constantine

En cinq minutes , il avait fait plus de deu
kilomètres de trajet. Il était hors de la ville e
le gardien de la salle de police l'attendait pour
l'enfermer dans sa prison.

Sans ralentir son allure, Cornaillou continue
de courir sur la route , dans la direction de la
Koubba. Le factionnaire qui était devant le
poste des magasins de fourrages le vit passer
devant lui comme une bombe. Se doutant que
t une ordonnance en toquade, il ne lui dit

Quand Cornaillou eut dépassé la Koubba, il regarda bien autour de lui, en tirant de toutes ses forces sur les rênes pour arrêter le cheval emporté par la fureur du galop. Pendant qu'il était à examiner d'un œil inquiet les alentours, il aperçut enfin, sous un des frênes qui longent le fossé du four à chaux, un mouchoir agité par une Mauresque assise sur l'herbe.

C'était Hiamina qui l'attendait.

En deux sauts, il l'aborde. Mettant pied à terre, il lui dit :

— Viens.

En même temps, il la saisit par la taille et la mit à cheval sans lâcher les rênes. Et d'un brusque élan, lui, à son tour, enfourcha le cheval. Retenant dans ses deux bras Hiamina et tenant dans ses deux mains les rênes de la bride, ils s'enfoncèrent au galop sous l'allée profonde qui mène au pied de ce massif de montagnes de l'Edouth.

Pendant que Cornaillou s'enfuyait ainsi et qu'il était déjà bien loin, il y avait un grand émoi à la caserne. On cherchait Cornaillou dans tous les lieux. On le cherchait dans la cour, on le cherchait comme on cherche un brin de paille.

Le garde d'écurie cherchait son cheval et sa couverture.

Au même instant, on entendit pleurer autour de la Koubba. On entendait des cris aigus de femmes alarmées. Toutes les musulmanes qui étaient à prier dans la Koubba s'étaient répandues dans les alentours. Elles criaient aigrement et recriaient de toutes les forces de leur poitrine :

— Hiamina ! Hiamina !

Et l'écho lointain ne leur répondait pas même.

La mère de Hiamina était en sanglots. D'autres femmes l'aidaient à pleurer. La désolation croissait. On interrogeait les passants. Personne n'avait rencontré Hiamina.

A Bône, le bureau de la place avait été aussitôt prévenu de cette évasion. La gendarmerie reçut l'ordre de se mettre à la recherche de Cornaillou. Un gendarme prit le chemin de l'Edouth, deux se dirigèrent par la route de Guelma, s'engagèrent dans ces différents passages qui coupent la plaine, et deux s'acheminèrent du côté d'Aïn-Mokra.

Ces deux-là, en passant vers le magasin à fourrages, consultèrent le factionnaire, qui leur dit avoir bien vu un cavalier en blouse blanche , mais il en passait tant. Il ne l'avait pas bien remarqué.

Arrivés vers la Koubba, en voyant ce désarroi de femmes et ces cris désespérés, ils apprirent, par un berger qui revenait des champs, qu'il avait vu passer un cavalier blanc coiffé d'une casquette de soldat, emportant une Mauresque sur son cheval.

— Le cheval galopait ventre à terre , dit-il. On eut dit que ses jambes étaient des roues.

— Bon, nous voilà sur les traces du fuyard. Il n'ira pas loin avant que nous lui mettions la main dessus, dit l'un des gendarmes.

— En voilà un gaillard qui a de l'audace. Non content de souffleter un sergent, d'enlever un cheval et de s'évader, il emporte encore une Mauresque avec lui. Pour celui-là il joue sa tête au jeu.

Et disant cela, les gendarmes piquèrent des deux talons et prirent le trot. Peu après, ils galopaient tous deux bottes à bottes.

Cet esclandre de Cornaillou s'évadant et enlevant Hiamina au pas de course fit grand bruit.

La nouvelle de la caserne se répandit dans la campagne et la nouvelle de la campagne se répandit dans la ville.

Quand Messaoud apprit de la bouche de sa femme en pleurs que Cornaillou avait enlevé Hiamina, il sauta d'un accès de fureur épouvantable. Son regard s'aiguisa et devint flamboyant.

Il leva la tête au ciel et dit :

— O prophète ! les créatures à barbe de la famille des Beni-ben-Lakdar n'ont jamais supporté un affront. Suis-je donc devenu un homme de peu pour que je me laisse noircir la face par un chien de chrétien. Non, je suis Messaoud, et celui qui me fera courber, ce ne sera que s'il est sous mes pieds.

On le voit, sa fierté furieuse se redressait de toute sa hauteur. Sur le champ, il fit seller un cheval et lui-même apprêta ses armes pour se mettre en campagne.

# VII

Arrivé au pied de la montagne, Cornaillou jugea à propos de reprendre la plaine pour s'éloigner plus vite. Il avait arrangé la couverture, avait assis Hiamina sur la croupe du cheval et avait chargé ses revolvers. Ils pendaient maintenant solidement attachés en breloques à sa ceinture de cuir. Lui était remonté sur son cheval, qui reprit son galop.

Il se trouvait maintenant dans une espèce de piste à travers les herbes des champs. Lancé à toute vitesse avec sa Hiamina en croupe, il allait, il allait, il allait.

La plaine était longue et large. Il marchait sur les pieds de la montagne. Hiamina le serrait dans ses deux bras pour se tenir attachée en l'entourant afin de ne pas être jetée à terre par les secousses du galop.

Ils ne disaient rien ni l'un ni l'autre. Elle, elle était pensive. Lui paraissait poussé vers un but et agir sous l'impulsion de son esprit semblable à un clou enfoncé par un coup de marteau.

Il regardait de temps en temps en arrière.

Une fois, il aperçut deux cavaliers lointains qui venaient, au galop, dans sa direction. Il ne parut pas trop s'en émouvoir, seulement il se retournait plus souvent pour calculer et examiner mieux s'ils gagnaient du chemin sur lui. A en juger par le coup-d'œil chaque fois qu'il les regardait, ils lui paraissaient plus gros, plus distincts et plus rapprochés.

Bientôt, il put distinguer des gendarmes. Ils venaient à fond de train. Cornaillou hagard, les yeux égarés, avait des grandissements de vertige dans son âme. Il n'avait pas l'air de rouler des idées indécises dans son esprit. Il semblait, au contraire, n'avoir qu'une idée fixe qui immobilisait son attitude.

Les autres faisaient du chemin. Maintenant il

n'y avait plus à s'y tromper : c'étaient deux gendarmes. Cornaillou les distinguait parfaitement.
Le cheval de Cornaillou était mouillé de chaleur. Galoper avec deux cavaliers sur le dos,
c'était un peu pénible à travers l'herbe.

Prendre à travers la montagne avec Hiamina,
c'était difficile. Et pas de chemin ! Le cheval
essoufflé, ralentissait son allure.

Cornaillou le mit résolûment au pas. Il paraissait vaincu ou résolu à se rendre. Il avait
l'air d'attendre ceux qui le poursuivaient.

Hiamina ne s'était jamais retournée. Elle ne
disait rien. Elle restait cramponnée à son ami et
le laissait aller à sa guise.

Au bout d'un instant, les deux gendarmes
stimulés par la découverte du coupable, piquaient fortement leurs chevaux. Bientôt, ils
furent derrière les deux fugitifs.

L'un d'eux cria alors à Cornaillou d'arrêter.

—Farceur, vous êtes pris ! Arrêtez-vous donc ?
A quoi vous sert d'aller quelques pas plus
loin ?

En entendant cette voix rauque, Hiamina tressaillit et de frayeur se cramponna plus fortement
aux épaules de Cornaillou. Cornaillou fit brus-

quement volte-face vers eux et leur demanda la
tête haute :

— Que me voulez-vous ?

—Nous venons te chercher. Il faut retourne.
en arrière avec nous, dirent les gendarmes aver
un rire goguenard.

Tout en disant cela , les deux gendarme:
abordaient Cornaillou. Les trois chevaux mêlaient déjà la crinière de leurs encolures en se
flairant. Le cheval de Cornaillou se cabra comme
pour dominer les autres.

Hiamina effarouchée et tremblante regardai
par-dessus l'épaule de son ami les figures ré-
barbatives des gendarmes.

— Eh bien ! si vous ne voulez pas retournei
en arrière sans moi, dit avec hauteur Cornaillou
vous resterez ici.

Et au bout de ces paroles, il allongea le bras
et, en deux tours de main, il lâcha quatre coup:
de revolvers à bout portant.

Avant que les gendarmes aient pu faire ur
mouvement de précaution, ils dégringolèrent de
leurs chevaux avec chacun deux balles dans le
poitrine. A ces détonations foudroyantes, les troi:
chevaux, effrayés , s'étaient cabrés. Ceux de:

gendarmes, se sentant abandonnés et débar-
rassés, prirent la fuite.

Savez-vous ce que fit Hiamina après ce coup
imprévu ? Elle se souleva subitement et apparut
au-dessus des épaules de Cornaillou comme une
statue à ressort qui se montre hors d'une boîte,
et, passant ses bras autour de son cou, elle lui
dit en l'embrassant avec force :

— C'est comme ça que j'aime les hommes.

Les chevaux ahuris avaient parcouru un grand
circuit et étaient revenus auprès de leurs maîtres
morts. Cornaillou mit pied à terre, prit les deux
fusils des deux gendarmes et un manteau qui était
roulé et ficelé sur la selle d'un cheval. Il dé-
boucla un ceinturon avec un sabre et se le mit
autour du corps. Puis, une fois bien équipé,
laissant les deux cadavres mordre la poussière,
il remonta à cheval avec sa Hiamina et s'en alla
au galop.

La nuit, qui éteignait le jour en ce moment,
semblait vouloir ensevelir ce crime sous ses
ténèbres.

Maintenant voilà un homme lancé à bride
abattue vers la perdition de son corps et de son
âme. De l'audace ? tout son corps en est. Du

cœur? il n'en a plus que pour sa maîtresse. Il a rompu avec les hommes ; il a rompu avec la société. Il ne peut rien lui arriver de pis.

Cornaillou continua de tenir encore un peu la plaine, puis il prit un sentier découvert qui le menait dans la montagne. Le cheval avait juste de l'espace pour mettre les pieds. Pour monter le penchant de la colline, il fallait tantôt traverser de petits bois, tantôt traverser des vignes ou des jardins au milieu desquels il y a de temps à autre des huttes entourées de bananiers, de grenadiers et d'autres beaux arbustes d'Afrique.

En montant, Cornaillou, qui était à pied et conduisait le cheval par la bride, trouva du raisin, des dattes, des figues qu'il acheta à un Arabe.

Après toutes ces fatigues, il fallut se contenter de cela pour souper. Mais Cornaillou avait mangé sa soupe à quatre heures, et Hiamina avait mangé vers trois heures, avant de venir à la Koubba. Ils n'avaient guère faim. Les émotions, du reste, les nourrissaient.

Ils arrivèrent dans un endroit très-élevé au milieu des bois de chênes-liéges. Il y avait une

de cabane adossée contre un rocher.
cabane avait sans doute été faite par un
...eron, parce qu'il y avait dans l'alentour
...aucoup de vestiges de bois coupés.

Ils entrèrent joyeusement dans cette cabane.
Elle leur convenait parfaitement pour y passer
la nuit. Cornaillou attacha le cheval par le pied
et alla lui arracher une botte d'herbe. Puis il
revint rejoindre Hiamina dans la maisonnette.
Un talus d'arbre, rembourré d'une couche de
mousse par la nature, leur servit de siége. Ils
s'assirent, elle, sur le talus et lui par terre, à
ses pieds. Ils s'essuyèrent mutuellement le front
abondamment trempé de sueur.

Lui, le premier, prit la parole et dit :

— Nous voilà donc dans une position où il
semble qu'il ne reste plus qu'à nous demander
quand il faudra mourir. Nous sommes dans la
misère de l'amour. Lève la tête. Regarde-moi.
Ne vois-tu pas que mon visage est serein quand
même? Le courage me soutiendra jusqu'à la
dernière minute où qu'il faille aller, quoi qu'il
faille traverser. Il ne faut pas que ce soit l'abat-
tement qui nous fasse asseoir et que ces forêts
sinistres nous voient rêver les deux mains sur le

front et que nos ennemis trouvent nos larmes
sur ces bruyères.

Elle répondit :

— A l'abandon avec toi, je me sens plus en
sûreté ici que dans le fond de la forteresse de
mon père. Et quand je devrais succomber des
pieds à la tête, quand ma fierté qui se révolte
et mon cœur qui se tord, devraient s'anéantir,
quand même mon corps n'y pourrait suffire et
que mes peines ne serviraient à rien, quand
toute ma vie devrait y passer d'un bout à l'autre
sans un moment de joie ni de plaisir, il ne sera
pas dit que ton malheur aura vaincu mon
amour.

Le vent faisait vaciller les bruyères. Et cette
roche a été l'autel où deux cœurs se sont immo-
lés l'un à l'autre.

Dans cette déroute du cœur et de l'esprit,
ils faisaient un duo d'harmonie. Le jour aussi
était en déroute. Le ciel se teintait de noir.

En ce moment une clameur soudaine traversa l'air. Autour d'eux, on criait de toutes
parts :

— *Ataa, ataou !*

Cornaillou se leva précipitamment et il vit

dans les fourrés d'arbres déboucher des Arabes
qui accouraient en criant d'une voix affamée :

— *Ataa, ataou !* Le voici, le voilà !

Se voyant découvert et au moment d'être pris,
Cornaillou sauta sur ses armes, sa femme sauta
sur ses épaules et il se mit à courir sur les rochers avec cette charge, il enjambait des cre-
vasses, il allait si vite qu'il avait l'air de gam-
bader. Il fuyait comme il pouvait pour se
dérober à la poursuite ; mais on le tenait de
près. Moins la fuite lui paraissait possible, plus
il redoublait d'énergie, constamment stimulé par
les cris des Arabes. Il grimpa sur des mamelons,
il s'effaça peu à peu dans le crépuscule du soir.
Sans se retourner, il mesurait son avance sur
ses ennemis au rapprochement de leurs clameurs. N'y pouvant plus tenir à fuir avec une si
lourde charge, essoufflé et cerné de près, il se
jeta dans un bois. Il s'élança ensuite dans les
hautes herbes. Toujours les clameurs bourdon-
naient à son ouïe et de loin en loin des balles
sifflaient à ses oreilles. On lui tirait des coups
de fusil à chaque instant. La mort était à ses
trousses. Son courage n'en pouvait plus de lassitude et d'efforts. Comme en ce moment il

redescendait le flanc d'un coteau cultivé, alors il coucha et cacha Hiamina dans un champ d'orge. Et, sans prendre le temps de l'embrasser, il continua sa course effrénée en s'enfonçant de plus en plus dans les ténèbres et dans la disparition. Mais les cris de ceux qui le poursuivaient avaient éveillé l'attention des gens de la tribu voisine, qui étaient en liesse ce jour-là.

Hiamina, se sentant découverte, s'était relevée et criait comme si on l'avait battue. Elle courut vers son père en proférant mille imprécations contre Cornaillou, qui, disait-elle, l'avait enlevée de force. Son père l'embrassa avec effusion.

Elle jurait de se venger. Le caïd, ému du malheur de sa fille, avait ordonné à ses goums de continuer de poursuivre le fuyard à marche forcée et à grands cris.

# VIII

Ce jour-là, la tribu voisine s'était livrée à toutes ses fantasias. Elle était en fête. On eut dit l'anniversaire de la délivrance des dix plaies d'Egypte, car on avait fait une tuerie d'agneaux semblable au massacre des saints Innocents.

La fête avait commencé juste avec le lever du soleil. Dans la circonscription, elle avait été ouverte et annoncée par un coup de canon tiré de la Casbah de Bône.

C'était à l'heure où la ville qui baigne et lave ses pieds de pierre dans le bassin du port attendait la chaleur du jour pour les sécher. Le sommet de la haute falaise où elle est adossée, est coiffé d'une forteresse qu'habitent des forçats, ces damnés de la société humaine. D'en bas, on aperçoit entre les créneaux le cou allongé d'un canon comme la lunette qu'un astronome braquerait sur l'Orient.

Quand le canon eut lâché sa bouchée de flammes mâchée avec de la fumée, sa détonation roulant comme une montagne qui s'écroule, était allée réveiller le soleil endormi, car, au même instant, il avait ouvert son œil rond et flamboyant comme une tête de cyclope qui poserait sa lanterne sur le mur de l'horizon. Aussitôt, les bruyantes clameurs des Arabes avaient éclaté et mugi au-dessus de la ville comme un nuage de guêpes. On sentait tourbillonner le bruit comme une transpiration de la joie du peuple. Des sons confus de tambours, de cimbales, de flageolets, de cornemuses mélangés à des clameurs, à des bêlements, à des vociférations s'aggloméraient, se vannaient ensemble comme la respiration trouble d'une foire. La foule, comme un torrent, coulait à pleines rues, échevelée, turbulente et tapageuse comme en un jour d'émeute. On entendait des tressaillements dans les entrailles des maisons. Les fenêtres, les portes s'étaient murées de gens qui regardaient passer ces vagues

de têtes tumultueuses, ces débris d'une population en effervescence, ce charivari d'un peuple
hurleur, portant liés en casse-cou sur ses épaules de superbes béliers aux cornes en tire-
bouchons.

Sur les places publiques, de grands Kabyles
tapaient à tour de bras le ventre plat d'une
grosse caisse, comme s'ils battaient la mesure
d'une ritournelle égrillarde et grivoise. De tout
petits enfants sortant du berceau pieds nus,
sans culottes, piétinaient et trottaient comme
des rats, accouraient en s'attroupant avides autour de cette musique sauvage et burlesque
comme autour d'un marchand de bonbons.

Voilà comment les Arabes célébraient leur
fête le jour où Cornaillou s'était évadé. La tribu
dans laquelle il errait, allait en foule assister,
ce soir-là, à des réjouissances dans une petite
chapelle au moment où les cris d'alarme des
goums du caïd Messaoud s'entendirent. Les
Arabes regardèrent de tous les côtés et aper-
çurent Cornaillou qui fuyait.

Au costume, ils devinèrent l'homme. C'était
un chien d'Européen.

Aussitôt le groupe d'Arabes, au lieu d'aller à

leur chapelle, courut arrêter Cornaillou. On n'eut pas de peine à le prendre, car on lui tomba dessus comme une avalanche d'hommes.

Le caïd arriva avec sa fille pleurante. Elle se mit à injurier Cornaillou. Elle demanda en grâce à son père de lui livrer ce maudit pour le martyriser.

Cornaillou ne put se défendre contre tant de gens. Il se laissa lier.

Le caïd en abordant Cornaillou qu'on tenait fortement empoigné, dit :

— Il n'est que temps, gredin, qu'on te fasse expier ton crime. Tu peux trembler à ton aise.

— Si tu mettais ta main sur ma poitrine, répondit Cornaillou, tu sentirais que les palpitations de mon cœur sont plus lentes que celles du tien, si toutefois tu as un cœur.

— Puisque tu doutes du mien et que tu te targues d'en avoir un fameux, alors je vais te le prendre et tu iras ce soir raconter aux morts que j'ai un cœur et que tu as perdu le tien, car tu ne sortiras de mes mains que quand la vie sortira de ton corps. Et demain déjà je ne veux plus de toi. Ainsi, compte les pas que tu as encore à faire pour arriver au bord de ta fosse.

Cornaillou fier et grinçant des dents, ne répondit pas. Il s'en allait maltraité par le sort et par les hommes.

On l'emmena dans la Koubba pour servir d'agneau de sacrifice aux manes de la tribu. Le caïd et son escorte le suivirent triomphants.

# IX

Sur cette colline grisonnante, de hautes
bruyères que le soleil grillait le jour et moussue
de palmiers nains et hâlés que le vent secouait
la nuit, s'élevait la blanche coque d'un ermitage. Un marabout gardait ce saint lieu. Ce lieu
est consacré à un saint homme quelconque qui
a fait construire cette chapelle pour lui servir de
tombeau. Ces sortes de chapelles appelées Koubba
sont faites en rotonde. Elles ont la forme d'un
œuf pour toiture. Il n'y a pas de fenêtres. Les
murs sont blancs comme de la neige. A l'intérieur, on voit tout autour des corniches ogivales
se rétrécissant dans le mur comme des meurtrières de citadelles. Pour tous décors, il y avait,

suspendue au plancher, une lampe bizarre qui n'était ni lanterne, ni candélabre, ni lustre, mais qui était un ensemble des trois. Vis-à-vis de la porte, un escalier fermé par des palissades, comme une cage à poulet, monte vers le plafond qui cache la coupole. La coupole n'est trouée que par une lucarne qui donne du jour au grenier. Ce fût là qu'on entraîna Cornaillou. On le fit monter par l'escalier qui conduisait à ce galetas. En traversant la chapelle, Cornaillou vit des rangées d'Arabes fumant et causant, assis par terre, le dos contre les murs. Derrière la porte ferrée de gros clous à têtes carrées, il y avait des réchauds allumés. Sur les uns, on brûlait de l'encens ; sur les autres, on faisait bouillir du café. Dans l'espace libre, s'exécutait une danse macabre excitée par une prière hurlée à gorges déployées et accompagnée d'une musique barbare qu'on jouait à tour de bras. Un refrain insatiable comme le bruit d'un torrent dans un ravin assourdissait. C'était un chœur de voix bestiales et diaboliques.

On lia les pieds et les mains à Cornaillou et on l'enferma au grenier avec Hamina, qui avait demandé à le garder. Elle s'était chargée de le tourmenter à coups de couteau. Elle avait un coutelas à la main pour lui charcuter des supplices. Elle voulait prendre, disait-elle, la première vengeance sur cet homme. Sa figure, furieuse, était affreusement bouleversée. Son sang, à demi-sauvage, bouillait sous sa peau. Elle avait l'attitude d'une mégère en courroux.

Cornaillou était donc dans sa chapelle mortuaire. Laissée seule avec lui, Hiamina alors sentit se glacer sa fureur. Elle ne disait rien. Cornaillou ne lui parlait pas non plus, mais il se débattait avec des efforts ronflants pour se dégager de ses liens. Il se repliait pour donner plus de puissance à ses muscles en les contractant. Et, toujours vaincu, il retombait harassé sur le plancher. Anéanti de lassitude, il restait inerte pendant un instant et recommençait sa lutte avec lui-même. Hiamina, muette, le laissait faire. Elle regardait, à travers une fissure, la scène effrayante d'en bas, comme une âme du purgatoire, cramponnée aux barreaux de sa cellule, regarde tempêter les démons dans l'enfer.

C'était une débâcle de bruit semblable aux tremblements d'une immense forge quand la fournaise bâille, la gueule pleine de braises, quand les rouages se mordent ensemble, que les ressorts grincent, reniflent, que les machines ventrues tordent du fer mâché par de lourds marteaux.

Au milieu de ce tumulte de voix et de ce désordre de vociférations, une danse stupide commença. Un groupe d'hommes enlacés par les bras se mirent en branle pour danser en gesticulant comme des scieurs-de-long.

Cette ronde lamentable dura jusqu'à extinction de voix. Alors les spasmes attaquèrent ce êtres. Ils se tordirent dans des convulsions enragées. Les uns, épuisés de fatigue, râlant et bavant de l'écume, comme s'ils avaient mâché du savon, se roulèrent par terre. Ils devinrent possédés. Chacun imita le cri d'une bête. Il y avait là des hommes métamorphosés en lion, en hyène, en léopard, en panthère, en tigre et en chacal, hurlant, se mordant, enragés, enchaînés.

Le prêtre qui les avait ainsi électrisés les dominait. Il était le dompteur de ces animaux voraces qui se traînaient ahuris à ses pieds.

Alors se passa une chose étrange. Ces carnassiers étaient affamés. Ils bramaient à pleins

6

poumons. Une frénésie terrible les tourmentait. Chacun hurlait son cri.

Le prêtre fit approcher son servant, qui apporta un réchaud ardent et un panier contenant des épines, des morceaux de verres, des clous, des feuilles de cactus hérissées de pointes. Toute sa ménagerie hurlante et enchaînée ouvrait la gorge pour avaler sa bouchée. A l'un, il donna à manger des braises ; à l'autre, une pincée de clous ; à l'autre, une poignée de vitres ; à l'autre, des cactus épineux, et tous ces gloutons de mâcher, d'avaler et de rouvrir la bouche pour en demander encore en faisant des contorsions de damnés.

On entendait les grincements de dents qui faisaient craquer les vitres broyées.

Tout à coup, le dompteur de ces êtres féroces montra au-dessus de leurs têtes un crapaud énorme, couvert de pustules vertes et de verrues. La lumière faisait chatoyer son ventre jaunâtre et tacheté. Aussitôt tous ces affamés se gonflèrent l'estomac pour redresser l'avant du corps vers cette proie suspendue. Tous, la gueule béante, hurlaient pour avoir la ration. Le crapaud, la tête à la renverse, ouvrit aussi sa gorge épouvantée sur toutes ces clameurs et sur toutes ces mâchoires ouvertes pour l'avaler.

Le plus hardi l'accrocha des dents et mordit en secouant sur sa bouche le crapaud, qui croassa en étranglant son dernier soupir.

Là-dessus une émotion de dégoût passa sur les assistants. Le cœur fit le tour de leurs entrailles.

Il n'y eut plus alors de forces pour contenir les affamés. La fureur redoublait. Cette chaîne d'hommes se soulevait. On devait leur donner en pâture le corps de Cornaillou à dévorer.

Le moment était venu. Le carnage allait commencer. Il y avait une bataille de cris, des luttes corps à corps et des grincements effroyables. La troupe enragée montait à l'assaut du galetas. Le plancher tremblait, les escaliers craquaient, les balustrades se cassaient sous leurs efforts.

Le dompteur ne pouvait les retenir. La bande fit irruption en haut.

On enfonça la porte.

Le galetas était vide. Cornaillou s'était évadé par la lucarne. Même Hiamina avait disparu. On était ébahi de cette fuite. Le caïd, qui avait devancé la troupe dans ce capharnaüm, était dans toutes les transes de la fureur. Il rugissait d'emportement.

— Que ma religion soit un péché si ce chien de chrétien échappe à mes coups. Par tout l'entourage de Dieu, je le jure, par notre seigneur Hamet-ben-Youceuf, maître de Milianah, qui a un lion pour cheval et un serpent pour brides, je jure que je planterai mon sabre comme une épine dans l'œil de mon ennemi.

Le caïd brandissait son yatagan. La troupe effarée des convulsionnaires, tirée en arrière par le dompteur, recula et dégringola.

Messaoud furieux reprenait le psaume de ses prières et de ses imprécations.

— J'ai plus d'une fois aiguisé mon sabre, bourré mon fusil, sellé mon cheval pour le combat et pourtant la fortune me traite comme si je n'avais jamais bravé les dangers, comme si mes jambes avaient été infidèles aux paroles que j'ai jurées sur le cœur virginal de mon épouse, comme si je n'étais pas habitué à la fatigue, comme si je n'avais rien fait d'un homme en ce monde. O prophète, par ta volonté, laisse-moi rattraper mon ennemi et le jeter à bas sur sa figure ! O filles de Fatma, par vos prières, demandez que la femme qui a fait ce gueux ne cesse pas d'avoir les coliques ! O Dieu de partout, fais que ma postérité mange pendant que la sienne aura faim ! O grand Dieu, je t'en supplie par la grandeur de ton nom, par la grandeur du Prophète et par la grandeur de l'univers, je te le demande par les sept cieux et tous les anges qu'ils renferment, par les sept terres et tous les animaux qu'elles nourrissent, par les sept mers et tous les poissons qu'elles contiennent, fais que ma prière soit mon salut !

Le caïd furieux enjamba le seuil de la porte dé la chapelle et sortit. Ses goums le suivirent. Il partit avec son escorte à la recherche de Cornaillou ét de Hiamina.

Au dehors, la pluie tombait du ciel en filets gros comme des cordes. Le tonnerre labourait les ténèbres avec sa charrue de flamme. Le frémissement de l'orage passait à plein fouet sur la montagne effarouchée.

De gros nuages noirs en bousculades comblaient les collines du ciel comme d'énormes éponges imprégnées de boue.

La fureur de Hiamina s'était déguisée. Elle avait dit à son père par ruse qu'elle voulait gar-

6.

der Cornaillou garotté afin d'être son bourreau.
C'était pour le sauver, car, une fois seul à seul,
elle l'avait délié et, pendant le vacarme de dessous, tous les deux avaient sauté par la lucarne.
Cornaillou le premier avait engagé son corps à
reculons et quand il fut suspendu à ses mains
cramponnées au rebord de la moulure de la muraille, il s'était lâché et avait tombé sur ses
jambes. Hiamina en fit autant. Et tous deux s'é-
loignèrent à grands pas, en se tenant par la main,
sous le vent et la tempête qui brassaient la nature.

# X

En s'évadant de la Koubba , Cornaillou avait remonté la montagne. Il s'était dirigé, tenant Hiamina par la main , vers la cahute où ils avaient été surpris. Il avait retrouvé là deux revolvers et une provision de cartouches. Les Arabes n'avaient pas songé à chercher ce qu'il avait abandonné.

Le temps était affreux. Le vent déraillait et faisait galoper dans l'air trouble toute la cavalerie échevelée des nuages. Et pendant que ces nuages passaient dans le ciel, le vent passait à grand bruit dans l'air et les deux amants passaient avec précipitation sur la terre. Les arbres remuaient, indécis comme une foule qui ne sait où aller. Une pluie effroyable tomba comme si elle eut voulu baptiser la terre. Les touffes de broussailles sur la pente du ravin semblaient des avalanches d'ombres sur le penchant de la montagne.

La pluie, qui tombait en longues aiguilles, picotait la figure de Cornaillou et de Hiamina, qui s'arrêtèrent sous un énorme chêne-liége pour s'abriter.

Le sentier passait entre deux abîmes : un escarpement en haut et un précipice en bas.

On entendait trembler la terre et sourdre la mer, qui étouffait dans son tablier ses vagues boursoufflées.

La voix la plus douce est le chant de l'oiseau, la voix la plus paisible est le chant du berger, la voix la plus heureuse est la chanson de l'amour, la voix la plus terrible, c'est le ronflement de l'ouragan, quand il souffle à pleins poumons dans sa trompe des jours de tempête. C'était cette voix qui leur remplissait les oreilles.

Au bout d'un instant, Cornaillou et Hiamina reprirent leur course. Ils s'en allèrent toujours en suivant la crête de la montagne. Ils s'enfonçaient dans des forêts pleines des hurlements de bêtes fauves.

A son air décidé, on eut deviné que Cornaillou connaissait le chemin qu'il suivait. A force de marcher, ils arrivèrent dans un endroit qui semblait être nulle part. C'était un fourré bourré d'arbres et de ténèbres. Il n'y avait plus d'issue. Avancer et reculer, c'était la même chose.

Ils restèrent là un instant. Et ils seraient restés jusqu'au jour si le chant d'un coq ne s'était pas fait entendre. Ce cri du coq fut leur délivrance, parce qu'il voulait dire : habitation.

Ils rebroussèrent chemin. Cornaillou savait que cet endroit était désert et si, par hasard, il trouvait un ennemi, il avait un revolver à son service.

Ils rebroussèrent donc chemin en s'égratignant aux broussailles et se dirigèrent vers le cri du coq. En remontant derrière un bouquet d'arbres, ils arrivèrent dans une clairière. Au fond, quelques lueurs sortaient d'une masse d'ombres.

Ils s'aventurèrent vers ces lueurs. En avançant, ils reconnurent la cabane d'un charbonnier. Sous un hangar, accoudé contre la hutte,

des poules, se reposant sur une jambe et sur un
bâton , se renfrognaient dans leurs plumes
hérissées en boule. Elles étaient pensives et
mélancoliques. Elles avaient l'air de réfléchir et
de méditer profondément.

Cornaillou ouvrit la porte de la maisonnette.
Un vieil homme, habillé à l'européene, était assis
près de l'âtre sur un tabouret cagneux. Un feu
dont le vent, qui passait entre les jointures de la
porte, effarait la flamme, donnait plus de fumée
que de lumière et de chaleur.

Le vieil homme rongeait un morceau de pain
et de viande. Il mangeait avec rage. Il dévorait
gloutonnement. Il s'acharnait sur cette nourriture, comme la misère sur le corps d'un pauvre
homme.

A le voir mordre sa viande avec ce tel appétit,
on eut dit que, de son vivant, la vache enragée
qu'il mangeait lui avait donné un coup de corne.

Derrière la porte, un âne paisible et résigné
était là, assistant à la fin d'une misère, comme
l'âne de la crèche de Béthléem avait assisté à la
naissance d'une autre misère.

Quand il vit entrer Cornaillou et Hiamina
l'âne leur fit les cornes en allongeant ses oreilles

en avant. Peut-être prenait-il les arrivants pour des Philistins et il craignait pour sa mâchoire. Cornaillou pensa que l'âne, dans sa sagesse, lui signifiait par ce signe que quand on a à faire à des Philistins, il faut se montrer Samson, et que partout où il y avait une misère à venger, il y avait une arme à prendre.

— Par pitié, je vous prie, donnez-nous l'hospitalité. Nous nous sommes égarés, dit Cornaillou au vieil homme, ébahi de cette visite nocturne.

— Où allez-vous ? Qui êtes-vous ? Qu'est-ce que vous venez faire dans cette solitude par ce temps de damné ?

— Nous allions à Aïn-Mokra par le chemin de traverse et nous nous sommes perdus.

— Asseyez-vous, dit le vieil homme en jetant une brassée de bois au feu. Vous êtes trempés comme des éponges, et vous devez avoir la fringalle ?

Sans répondre, Cornaillou, tout affriolant, s'approcha du foyer, prépara une place à Hiamina et ils se chauffèrent abondamment.

Le vieil homme leur offrit des châtaignes et un quartier de viande rôtie sur la braise.

Un repas dévorant commença.

## XI

Le lendemain, au lieu de partir de cette retraite, Cornaillou prétexta une grande fatigue, et il se fit héberger encore par le vieil homme. Il lui donna de l'argent pour descendre acheter des provisions au village de l'Edougt.

A son retour, le vieil homme raconta que le caïd d'une tribu voisine avait lancé ses goums dans la forêt pour rechercher un malfaiteur.

Cornaillou le laissa dire sans sourciller. Il fit beaucoup parler le bûcheron, qui lui donna toutes sortes d'indications sur le pays.

Sentant qu'un jour ou l'autre il serait découvert par les goums de Messaoud, Cornaillou combina un moyen de se venger et de se débarrasser du caïd.

Il mit le vieillard dans la complicité de son plan. Connaissant les mœurs champêtres de Messaoud, il alla de grand matin, avant le jour, dans la colline où le caïd menait tous les jours paître son troupeau. Là, il se fit coudre tout le corps dans une peau de brebis.

Une fois emprisonné dans cette peau, Cornaillou avait pris la posture d'une brebis couchée et malade. Il avait ouvert un petit trou pour souffler et pour voir venir le caïd afin de le tuer avec un coup de pistolet tiré à bout portant. Il avait, en outre, un poignard pour couper la peau dans laquelle il était cousu afin de pouvoir s'enfuir après son crime.

Ainsi posé pendant la nuit sur des rochers, près de hautes touffes d'herbe, il attendait que le troupeau vint se mélanger autour de lui.

Le soleil se leva d'abord et l'on entendit au loin les cris des bergers amenant les troupeaux, et les vaches et les brebis brâmer et bêler.

Le jour éclairant le refuge de Cornaillou, son aventure changea de face.

Un aigle d'une grosseur énorme s'était abattu de grand matin sur cette colline. Il était affamé. Il aiguisait ses griffes aux pointes d'un rocher,

7

Chacune de ses ailes déployées était semblable à un parapluie. Elles cachaient un hectare
de soleil et faisaient plusieurs kilomètres d'ombres. L'ombre était si grande qu'elle ne pouvait
pas suivre par terre le vol de l'aigle dans l'air.
A le voir passer, on eut dit un navire avec ses
voiles flottantes tombant de l'océan du ciel. Son
bec était comme une proue. Ses pattes étaient
comme des ancres. Quand il se fut posé sur le
roc de la montagne, le reploiement de ses ailes
poussa l'air à une lieue de distance comme des
bouffées de vent. Ses griffes, en passant sur le
roc, faisaient le bruit d'une marche en sabots.
Enfin, c'était un de ces aigles monstrueux
comme on n'en voit qu'en Afrique. L'envergure
de leurs ailes a une taille de la force qu'il faut
pour traverser les immenses espaces. Ce sont
de véritables appareils de ressorts mécaniques
qui fonctionnent en cadence.

Cet aigle sourcilleux qui était venu s'abattre
sur cette colline, d'un coup d'œil avait arpenté
les plaines et la montagne. Il avait aperçu une
brebis égarée et cachée dans les herbes. Il
l'avait vu remuer. Il avait pris la peau qui recouvrait Cornaillou pour une bête vivante.

Après avoir aiguisé ses griffes et son bec en contemplant les alentours vides et solitaires, il reprit son vol en rasant le sol incliné.

Comme il descendait, il doubla de vitesse et, combinant sa force avec sa rapidité, de façon à effleurer avec effort la peau de brebis qui recouvrait Cornaillou, du bec et des griffes il l'empoigna et l'enleva dans les nues sans ralentir son vol. Avec cet élan impétueux, il s'enfonça dans l'air; et, en battant de forts coups d'ailes, il s'éleva dans le ciel, qu'il traversa avec sa lourde charge aux griffes. Et toujours, comme avec des coups de rames, sans relâche, il battait des ailes pour maintenir sa marche accélérée.

D'en bas, le caïd, les bergers, les passants et plus loin les tribus qui virent passer cet oiseau qui faisait autant d'ombre qu'un nuage, regardaient avec étonnement cet aigle audacieux qui emportait une bête vivante dans ses serres.

Cornaillou, ahuri, avait crevé la peau de mouton, avait sorti la tête et criait. Les griffes qui lui serraient fortement les flancs commençaient à lui piquer les chairs. Sa voix sortait de sa gorge comme le bruit criard d'un instrument de cuivre. Les yeux lui sortaient de la tête. Il

voyait avec terreur passer les collines, les plaines, les rivières, la mer, et il se demandait
quel bateau fantastique l'emportait ainsi dans
l'espace. La terre ne lui paraissait plus qu'un
nuage gris. Dans son vertige, il la voyait tourner comme une toupie. Il se croyait à cent lieues
plus loin que le monde.

Il pensa un instant qu'il était mort et qu'un
démon l'emportait dans l'éternité. Pourtant il se
sentait encore des jambes, des mains; il avait
encore son poignard et son revolver. On ne
devait pas se servir de ces outils-là dans le
ciel.

Enfin il était effaré. Il entendait bourdonner
à ses oreilles un murmure grossier semblable
au bruit de la turbine d'un vaisseau noyé. C'était
le battement des ailes. Il voyait tournoyer la terre
sous lui. Il regardait la mer semée de points
blancs qui étaient des voiles et de points noirs
qui étaient des écueils.

L'aigle porta Cornaillou au sommet d'une
montagne et le déposa sur un pic sauvage pour
le dévorer. Mais Cornaillou, qui avait sorti son
bras de son sac de peau, répondit aux coups de
bec de l'aigle par des coups de poignard. L'aigle

ne savait de quelle sorte était ce genre de brebis. Il n'en avait jamais dépecé de pareilles. Sa
serre s'était trop enfoncée dans sa proie. Sa
patte s'était entortillée dans les chiffons des vêtements de Cornaillou, et Cornaillou retenait la
griffe d'une main pour l'empêcher de serrer
davantage. L'aigle inquiété, sentant sa patte
engagée, voulut reprendre son vol avec sa
charge afin de la laisser tomber sur un roc et
l'assommer. En trois coups d'aile, il s'enleva et
recommença sa marche à travers les airs.

Cornaillou tenait toujours bon. Il ne cessait
pas de se débattre avec son aigle. Les coups
de bec étaient comme des coups de marteau.
Cornaillou se mit à hurler comme si on l'étranglait.

Les populations regardaient en l'air cette
chose étrange.

Cornaillou peu à peu reprenait ses esprits. Il
aperçut au loin une grande troupe de gens assemblés. Il put distinguer des courses émaillées
de grains de fumée blanche.

Son aigle filait toujours vers cet endroit qui
se trouvait sur un coteau entouré de grands
arbres.

C'était une tribu en fête. Il y avait des fantasia et des courses aux chevaux et des coups de poudre. Cornaillou vit que leurs ébats s'arrêtaient et il remarqua que toute la foule contemplait passer cet oiseau fantasque comme l'apparition d'un phénomène.

L'aigle, fatigué et ne pouvant se dégager de sa charge, baissait. Voyant que cela descendait vers eux, les gens de la tribu avaient peur. Cornaillou tira deux coups de revolver. A ce bruit miraculeux de la foudre, les uns s'enfuirent, d'autres se cachèrent, d'autres se mirent à genoux.

L'aigle, effarouché des détonations de ces coups de feu, tressaillit épouvantablement. Il se débattait de toutes ses forces pour lâcher sa proie terrible. Mais sa proie le tenait par les pattes. Il était affolé.

Et toujours le poids de Cornaillou l'entraînait vers la terre. L'aigle avait perdu l'équilibre. Il s'abaissait. Il descendait. Il venait en bas. Tout à coup, alourdi, il se laissa tomber dans les branches d'un grand caroubier touffu.

A ce choc, Cornaillou, qui examinait les mouvements de cette descente, fendit la peau

d'un coup de poignard et s'en débarrassa. L'oiseau, allégé de sa charge, reprit son vol en
emportant le sac de peau comme une guenille.
Tandis qu'il remontait dans l'air, Cornaillou
dégringola au pied de l'arbre en se retenant aux
branches et il apparut tout équipé au milieu de
la tribu. Tout le monde vint se traîner à ses
pieds. Cornaillou, son revolver d'une main et
son poignard de l'autre, secoua sa tête échevelée, ouvrit de gros yeux farouches et dit aux
Arabes prosternés devant lui :

— Mahomet, votre prophète, m'envoie pour
être votre marabout et votre chef afin de vous
annoncer sa parole et de vous conduire au
ciel. Si vous n'êtes pas sages et obéissants à
tout ce que je vous dirai, je retournerai chercher des légions de sauterelles pour ravager
vos champs, j'amènerai ensuite des légions de
corbeaux pour vous dépouiller, puis des légions
de chacals pour vous dévorer, de telle façon
que vous seriez tous exterminés jusqu'au plus
petit de vos enfants. Abraham, qui est le chéri
de Dieu ; Moïse, qui est le parleur de Dieu ;
Jésus-Christ (Aïssa), qui est l'âme de Dieu, et
Mahomet, qui est le prophète de Dieu, sont en

colère contre vous parce que vos cœurs so
légers comme vos tentes que le moindre ve
fait remuer. Vous gardez mal vos mosqué
et vous ne pratiquez point la religion comme
faut. O les nus, ô les mendiants, les malpropr
et les dégénérés, vous habitez le pays des crim
et des lâches, de la peste et des maladies, d
maîtres et des esclaves. Ismaël, notre père, vo
renierait, et, s'il vous voyait sous les haillons (
votre cœur et votre corps sur la litière de hon
que vous faites, il ne vous reconnaîtrait mêr
plus. Vous n'êtes pas Musulmans, vous êtes l'an
de votre ventre. Vous avez laissé la main des Frai
çais dominer votre âme et leurs pieds domine
vos terres. Ah ! louons Dieu avant de raconte
nos malheurs afin qu'il les glorifie. Nous retrou
verons nos prières à l'entrée du tombeau.

La foi ombrageuse de l'Arabe tremblottai
dans son âme. Devant ces paroles, tout l
monde se prosterna plus bas. Ils baisèrent troi
fois la terre pour attester de leur soumission.

Cornaillou reprit :

— La fin du temps est venu et le commen·
cement du repos s'en va. C'est le moment d
combattre sans cesse. Autrefois, les nation:

nous donnaient des otages et nous payaient des
tributs pour avoir notre amitié. Aujourd'hui,
nous sommes foulés aux pieds, non pas de mille
et mille hommes, mais d'une telle quantité que
Dieu seul en connaît le nombre, puisque l'arith-
métique ne suffit pas à les compter et que toutes
les mémoires des hommes et des anges se sont
perdues dans ces calculs. Les portes du paradis
s'entrouvrent à deux battants. Les anges poussent
des cris de détresse en ne voyant entrer aucune
multitude. Le temps des paroles est passé, il faut
agir. Dieu ne ferme jamais l'œil pour s'endormir. Oui, le temps a tourné sur lui-même
jusqu'à la barbarie. O regrets sur les mosquées
et sur les prières qu'on y priait et sur les paroles
de foi qu'on y disait, et sur les chants qu'on y
chantait et sur le Koran qu'on y lisait, et sur les
pensées qu'on y réfléchissait, et sur les marbres
blancs qu'on y voyait. Les tombeaux de nos
pères, ils les ont déterrés, et leurs ossements ils
les ont dispersés, et de nos mosquées, ils en
ont fait des écuries. Leurs chevaux sont attachés
aux piliers de nos autels. Le temps a fait banqueroute. Les misères se sont accumulées.
Faut-il pleurer dans la tristesse et patienter dans

7.

le deuil ? Non. Quand le cœur s'élève, les pieds
doivent suivre. Il ne s'agit que de bien ténir
son âme. Courage et debout. Montrez-vous.
Où sont-ils ceux qui vantent leur vaillance ?
C'est le moment où leur sabre doit être aussi
long que leur langue. Qu'ils viennent combattre
si ce ne sont pas des guerriers des jours de fêtes
et des jours de noces. Venez donc. Si vous avez
des femmes, montrez que vous êtes des hommes.
Je serai votre chef. Vous n'avez rien à craindre.
Dieu m'a donné une arme de tonnerre qui est
chargée pour quinze jours.

Cornaillou allongea le bras et tira dé suite
quatre coups de revolver qui firent frémir son
auditoire ébahi et atterré.

— Ma descente parmi vous est un secour.sCela
ne rafraîchit-il pas vos âmes jusqu'ici échauffés
de fuite et de frayeur?

Un chef de la tribu se leva et dit :

— Oui, notre poudre parlera. Nos fusils ne
tireront plus qu'ensemble et le couteau du mal
sera enterré. Oui, nous irons tous combattre
avec vous pour aller au secours de Dieu, lors
même que toute la lumière du matin serait le
reflet des épées de nos ennemis, lors même que

les ténèbres de la nuit seraient les ombres de la poussière soulevée par les pieds de leurs chevaux, nous irons tous pour mourir ou pour être heureux. Et, se retournant vers les hommes de la tribu, il ajouta :

— En avant ! Préparez vos courages. Les balles ne tuent point. Il n'y a que la destinée qui tue.

— Oui, et Dieu vous prépare dés Fatma charmantes au-delà des nuages. Vous aurez des compagnes dont le cœur est un brasier. Là-haut votre religion sera l'amour. Dieu vous garde des femmes semblables à Hiamina, que j'ai amenée du ciel pour vous la montrer. On veut me la ravir, mais je l'ai cachée dans une forêt. Nous irons la voir et la prendre pour la défendre. Mon cœur brûle pour elle. Il est dans le feu de l'amour. Le souffle que je respire semble attiser ce brasier. Il me consumera. O vous qui ne connaissez pas Hiamina, vous ne connaissez pas la merveille de Dieu. Hiamina au milieu de ceux qui l'aiment est comme un seigneur au milieu de ses courtisans et de mille autres. Hiamina, c'est un tableau superbe dans un palais garni de dorures. Hiamina, c'est le palmier élancé et portant sa tête fière si haut qu'on ne peut y toucher. Hiamina est une fille comme personne n'a de sœur pareille au monde. Hiamina vaut Alger la blanche, Tunis la riche et Blidah la belle avec toutes leurs boutiques, leurs marchands, leurs étoffes et leurs parfums. Son cœur, je l'ai adoré ; son visage, je l'ai contemplé ; son épaule, je l'ai embrassée ; sa salive, je l'ai goûtée ; son sein, je l'ai touché ; son corps, je l'ai porté, et sa vie, je l'ai sauvée. Elle est à moi, cette fille, elle est à moi tout entière dans ses jours et dans sa personne. Celui qui la toucherait serait frappé de mort. Qu'on n'y approche pas, car mes mouvements sont plus rapides que le soupçon. Tous ceux qui l'aimaient sont morts en combattant pour elle. Ils sont tous en paradis. Il n'y a plus que moi qui vis sur terre pour qu'elle ne meure pas.

— Ta volonté sera faite. Que Dieu nous compte seulement parmi ses amis, s'écrièrent en chœur les Arabes en se levant.

Cornaillou les envoya tous s'équiper pour le combat. Il leur ordonna de plier bagage.

Aussitôt les uns lui apportèrent de l'eau fraîche pour lui laver les pieds, d'autres lui apportèrent

des senteurs qu'ils lui versèrent sur les mains ;
d'autres lui apportèrent de riches habillements ;
d'autres des nourritures sucrées ; d'autres lui
présentèrent la coupe, prêts à lui verser à boire.
Tout le monde voulait l'approcher et le servir.

Un instant après, toute la tribu déménagea
et leva le camp pour partir avec Cornaillou par
le sentier des montagnes.

## XII


Hiamina était une bonne fille. Son cœur était un aimant. Elle se sentait attirée vers toutes les belles natures. Simple et naïve, elle avait passé toute la journée auprès du vieil hôte de la cabane. Et le matin, en le voyant réciter sa prière, elle lui dit :

— O saint homme, quand tu dis ta prière et que je vois remuer la barbiche de ton menton, je suis toute émue, car il me semble revoir le museau d'un grand bouc noir que j'aimais beaucoup et qu'on m'a volé. Tu me fais tant plaisir de lui ressembler, que ta vue me soulage.

Le vieil homme se mit à rire. C'était, en effet, étrange d'être aimé parce qu'il ressemblait à

une bête. Mais Rebbi était un homme doux.
Cette naiveté lui plaisait.

La blanche coque de son ermitage émargeait
dans cette clairière grise sur les hautes fougères
grillées au soleil et sur des palmiers nains hâlés.
L'endroit où il était venu s'abriter formait un
creu ouvert au soleil du matin et entouré de
gigantesques chênes-liéges chevelus. Son domaine était palissadé par une tournée d'arbres
de la forêt. Devant la porte croissait deux oliviers
roux. Le derrière de la maison était ombragé
par trois figuiers. Plus bas, il y avait une petite
vigne et au milieu de la vigne se trouvait une
source d'eau fraîche qui opérait des guérisons.

Rebbi habitait là comme un ermite. Il était
charitable. Il cultivait sa vigne pour donner des
raisins aux rares passants et leur offrir son eau
bénite qui guérissait de l'esprit malin. Une
grosse pierre servait de siége pour se reposer
sous l'ombrage frais pendant la chaleur du jour.

Les Arabes des alentours avaient toujours
respecté cet homme paisible et travailleur.

On le voyait toujours suer à la peine. Et
quand les Arabes, fainéants et rongés par les
poux de la misère, passaient devant cet homme

courbé vers le sol auquel il arrachait les entraill[
pour y enterrer ses sueurs, ils se disaient en [
voyant au milieu de ses fatigues :

—O le maudit ! qu'a-t-il donc fait de si cr[
minel pour être ainsi condamné à un travail [
pénible. Oh ! par la tête du Prophète, ou il e[
fou ou il est bién coupable. Dieu nous a fav[
risés en nous laissant à rien faire, parce qu[
nous sommes ses serviteurs chéris.

Quelquefois Rebbi ramassait des fagots d[
bois qu'il allait vendre sur les marchés arabes[
Il s'attirait ainsi l'estime des pauvres gens du[
pays. Il les associait à son sort quand l'occasio[
se présentait. Il était un peu l'oracle des tribus.[
On venait le consulter pour tendre des piéges[
àux pànthères, aux lions et aux autres bêtes[
féroces.

Un jour, il était assis au milieu d'un nom-[
breux groupe d'Arabes quand arriva un homme[
qui venait de perdre son âne et qui demanda si[
quelqu'un avait vu l'animal égaré. Rebbi, se[
tournant aussitôt vers ceux qui l'entouraient,[
leur dit :

— Y a-t-il quelqu'un parmi vous qui n'ait[
jamais connu le plaisir d'une chasse aux bêtes [

féroces? Qui ne se soit jamais risqué à se rompre le cou à cheval en voulant sauter des précipices et des buissons? Qui n'ait jamais poursuivi la bête fauve dans les broussailles ni la femme dans l'amour? En est-il un parmi vous qui n'ait jamais senti le bonheur de ces grandes luttes ni de ces grandes palpitations de cœur?

Un des auditeurs se leva et répondit :

— Moi, je ne me suis trouvé dans aucune de ces situations que tu dis. Je n'ai jamais rien fait ni rien éprouvé de semblable.

Rebbi alors regarda le maître de l'âne :

— Voici, dit-il, la bête que tu cherches. Emmène-la.

Ceci donne la mesure de l'esprit et du caractère de Rebbi.

Hiamina était inquiète sur l'absence de Cornaillou.

— Je n'ai que Dieu et lui à mon secours, disait-elle à Rebbi. Je suis délaissé par mon cœur. Mon âme est en voyage. Je languis sans pensée sous l'ombre noire de cette forêt. Pourrais-je vivre en l'absence de l'ami de mon cœur?

Elle regardait les vastes horizons de la mer

aussi vides que lointains. Ce pays de soleil était
tout en lumière.

Rebbi lui répondit :

— O belle enfant, que Dieu te préserve de
tout chagrin. Tiens ton âme ou bien le chagrin
la dévorera. Il y a quelque chose de plus fort
que les montagnes, de plus puissant que le fer,
que le feu, que l'eau, que l'air, que le vent,
que l'homme, que l'ivresse, que le sommeil,
c'est le chagrin, parce que le chagrin détruit le
sommeil, le sommeil dissipe l'ivresse, l'ivresse
étourdit l'homme, l'homme brave le vent, le
vent chasse les nuages de l'air, les nuages ab-
sorbent l'eau, l'eau éteint le feu, le feu fond le
fer et le fer aplanit les montagnes. Le chagrin
est donc la force qui tue toutes ces puissances.
Que Dieu t'en préserve.

Rebbi était un homme considérable. Il aurait
pu être le maître de la contrée par le droit et
par la force : par le droit, parce qu'il était
vieux, mais si vieux qu'il semblait l'aîné de tous
les hommes, et par la force, parce qu'il avait
sous la main trois générations de fils. Il comp-
tait déjà 120 garçons de sa race, ayant chacun
un cheval et un fusil : ce qui lui faisait un es-

cadron. C'était toute une tribu que la famille de Rebbi. Et lui, au lieu de vivre en roi en la gouvernant, il vivait à l'écart pour la laisser croître et multiplier à sa guise.

Il disait quelquefois :

— Ne tutoyez pas les chiens parce qu'ils se croiraient vos frères.

Un jour qu'un Arabe vint le consulter, le chien de Rebbi alla à son devant. L'Arabe le caressa.

Rebbi alors lui dit pour toute réponse :

— C'est mon chien qui te connaît puisque c'est à lui que tu t'adresses en venant chez moi.

## XIII

La tribu amenée par Cornaillou s'avançait
bruit des tambourins. Ils allaient à la conqué
d'une terre pleine de soleil et de fleurs.

Ils disaient aux tribus qu'ils traversaient :

— Dans votre pays, on a un soleil de de
jours et dans le pays où nous allons nous auro
tous les jours le soleil. Votre ciel est toujou
fermé, le nôtre sera toujours ouvert. La chalei
sera toujours sur nous et vous êtes envelopp
de brume. Nous vivrons sur le domaine de Die
qui ressemble au tapis de fleurs. Nous r
payerons pas d'impôts parce que nous n'auror
pas de maître. Et lors même que vos maisor
seraient bâties avec des rubis, nous préféror
nos tentes.

Les Arabes envieux secouaient la tête. L'éba-
hissement tournoyait dans leurs esprits. Ils ne
savaient de quel côté tourner leurs pensées. Ils
ne savaient que croire.

La caravane cheminait lentement. On avait
tout emporté dans des teillis.

Les teillis sont des pièces de tissus solides et
beaux. Lorsqu'ils sont cousus par leurs extré-
mités doublées sur le centre, cela forme des
sacs à besaces et décousus cela forme des tapis.
C'est avec cela que les Arabes charient leurs
provisions quand ils décampent à l'entrée de
l'hiver pour aller s'abriter des vents froids derrière un mamelon sec, et quand ils reviennent,
au printemps, s'installer sur un gazon frais,
dans une position aérée, près de l'eau et près
des champs à moissonner. Leur batterie de cuisine se compose de quelques ustensiles en bois,
écuelles et cuillers.

Cornaillou marchait à la tête de la caravane.
Son fusil était à son épaule. Son yatagan pendait à son côté. Son revolver était attaché à
l'autre flanc de sa ceinture. Un beau cheval était
entre ses jambes. La caravane montait vers le
sommet de l'Edougt.

Le burnous blanc du cavalier flottait à l
marche triomphante de la cavale. Cette jument
gris-pierre comme les cailloux des rivières, res
pirait un air de fierté.

La tribu défilait lentement sur le sentier, tor
tueux. On voyait tout d'une pièce remuer cett
procession à chaque pas de sa marche. Les che
vaux alertes se dindonnaient.

Avec son cheval, l'Arabe fait toute sa vie. I
fait l'amour, il fait la guerre, il fait son com
merce, il fait ses voyages, il fait la garde de se
troupeaux, il fait ses fêtes, il fait le tournoi de
ses fantasias. Aussi il aime son cheval. C'est son
compagnon d'armes et d'infortunes ; c'est l'ami
de sa famille. On le chante dans les chansons.
On se familiarise avec lui. A la course, c'est un
buveur d'air. En repos, il est bleu comme le
pigeon sous l'ombre.

On approchait de la cabane de Rebbi quand
Hiamina aperçut venir Cornaillou installé sur sa
monture comme un panache. Les genoux hauts,
le corps un peu penché en avant comme un
guetteur, l'œil dévorant, la figure rude et fortement tirée par les muscles, il filait à l'orien-
tale. On eut dit que sa jument intrépide sentait

qu'elle l'emportait vers Hiamina. Lui était là
plus éblouissant que le bey de Médéah entouré
de ving goums étincelants, au bruit des flûtes et
des tambours, de la poudre et des cris de jeunes
filles, quand accourut Hiamina, qui sortit du
bois comme une nymphe. Une blancheur délicate
de teint apparut comme une lune de mai sous
une chevelure de ténèbres. Sa longue chevelure
noire comme la peau d'un esclave du Soudan
retombait avec grâce sur ses épaules larges et
blanches. Elle avait des cils comme des épis de
blé et des sourcils comme de petits arcs d'arba-
lète. A son rire, ses dents bien rangées ressem-
blaient aux grêlons que la tempête jette à poignées sur nos moissons.

Cornaillou se mit à crier :

— La voilà, la voilà, la fiancée de mon cœur.

Elle est noble, vous le voyez. Elle est fière,
je vous l'ai dit. Elle est aimable, on n'en peut
douter.

Et, plus prompt qu'un coup-d'œil, Cornaillou
enleva Hiamina par dessous les bras, l'assit sur
ses genoux et l'embrassa avec force et avec
amour. Puis, la montrant à sa suite, il ajouta :

— La voilà, la fille du Prophète. Regardez et

voyez s'il y a sur la terre une beauté égale à cette beauté.

Tout le monde battit des mains. Il y eut une secousse de joie parmi la tribu. On se mit à frapper les instruments de musique qui se prirent à mugir. Le feuillage troublé des arbres mêla encore son murmure à ce concert.

Toute la tribu attroupée autour de la monture de Cornaillou et de Hiamina contemplait cette splendide jeune fille. Son double regard avait donné à chacun deux coups de poignard : l'un aux yeux, l'autre au cœur. Elle avait un air d'abandon, de bonté, de douceur et d'amour qui les fascinait tous jusqu'à la dévotion.

Cornaillou leva les bras en l'air pour montrer un vieillard qui arrivait et s'écria :

— Voilà le gardien de Hiamina, saluez-le. Vive, vive Rebbi !

Et tout le monde de vociférer en courant à son devant pour lui donner le baiser de l'amitié sur la main.

— Bravo, Rebbi, bravo ! Que Dieu soit propice à vos jours comme l'eau de pluie est propice à l'herbe.

Cornaillou se haussa un peu en avant et

frappa des mains pour appeler l'attention et il dit :

— Puisque voilà ma fiancée, demain sera notre jour de noce. Je donnerai une fête où brilleront les jeunes gens, les étriers, les sabres et les selles richement brodées.

Un hourra formidable d'applaudissements enfonça le silence de la forêt. On entendit bruire cette clameur comme une rivière de voix en dégringolade par les rochers.

Tandis que cette avalanche d'acclamations s'écoulait, un bruit sourd et tempétueux monta du ravin. On entendait rugir des coups de fusils et hurler des cris d'alarme.

Les animaux comme les hommes sourcillaient. L'odeur de la poudre inondait les cerveaux. On apercevait une fumée qui montait en friperies vers le ciel comme des linges de mousseline.

La colonne était attaquée par les gens de Messaoud. On avait reconnu et dénoncé Cornaillou au caïd, qui s'était jeté à sa poursuite. Cornaillou se leva droit et ferme sur sa selle et, tenant ses armes à la main, il dit :

— La dispute est comme le feu : maudit soit celui qui l'allume et béni soit celui qui l'éteint.

Du bien sort la paix, l'agriculture, la joie, le bonheur, les enfants. Du mal sort la douleur, les pleurs, les cris, la destruction. Eh bien ! en avant ! allons éteindre le feu , si vous voulez téter la miséricorde de Dieu.

Et, disant cela, il confia Hiamina aux bras de Rebbi et lança sa jument sur le front de bataille.

Le ravin était grouillant de combattants. Les filets de fumée des coups de fusils obscurcissaient encore l'ombre de la forêt. La nuit allait recouvrir le combat.

Les gens de Cornaillou, qui étaient en haut, firent rouler des cailloux qui bondissaient par dessus les buissons et parfois s'enterraient dans la broussaille. La rumeur sinistre des batailles fourmillait dans les bois. On entendait plaindre les souffrants et rugir les combattants.

La lutte s'acharnait. L'ennemi montait ; la nuit descendait ; le tourbillon funèbre se formait, le moment était terrible. Pour empêcher l'ennemi de monter, pour empêcher la nuit de descendre, Cornaillou mit le feu à la montagne. Les grandes herbes se gonflèrent de flammes qui flambèrent à flots. Le vent arriva. Le vent

devint le général de la bataille. Avec son fouet,
il fit danser par longues files ses escadrons de
flammes en robes rouges.

Une montagne qui prend feu comme une
étoupe, un incendie qui broute une forêt au
pas de course, qui avale une haie comme un
Napolitain avale un macaroni, qui fait de chaque
touffe d'herbe une touffe de flammes, qui sarcle
les arbres d'une forêt avec sa mâchoire plus
vite que Samson n'abattit dix mille Philistins
avec celle d'un âne, cela a l'aspect d'une cavalerie de charrues infernales traînées par des
démons. Au-dessus, une formidable colonne de
fumée monstrueuse comme une Babel montait
en trombe sucer le ciel. Puis le vent venait par
ronflantes bouffées et renversait cette cheminée
immense, la répandait en rivière de fumée et la
dispersait en buées aveuglantes.

Quand l'incendie empoignait un arbre pour
le froisser dans ses mains de flammes, l'écorce
avec fracas éclatait, les feuilles pétillaient, les
branches s'écaillaient. On entendait les péta-
rades de ses crépitations semblables à une poignée de sel dans un brasier. La forêt était en
colère.

Une graine de feu sous la bouche du vent fait germer un enfer. Peignée par l'orage qui arrache des flocons de flammes, cette chevelure sanglante de l'incendie devint échevelée comme des buissons ardents,

On sonna le tocsin dans Bône. On battit la générale dans tout le pays. Toute la garnison accourut. Elle monta à l'assaut de la montagne enflammée. La nuit s'était abattue épaissement et les arbres flambaient comme d'immenses torches éclairant de lueurs sinistrés la plaine des airs vides. Les militaires s'éparpillèrent dans les bois comme des troupeaux en pâturage. Les uns arrêtaient le feu en l'assommant à tour de bras avec de longs bâtons, d'autres l'éteignaient en le balayant à grands coups de branches vertes ; d'autres l'aveuglaient en lui jetant des pelletées de poussière dessus ; d'autres lui coupaient les rations en faisant des tranchées larges et profondes. L'incendie bâtonné, aveuglé, coupé, traqué d'en haut, d'en bas, de droite, de gauche, d'avant, d'arrière, de partout, ne pouvait plus brouter la forêt, et, n'ayant plus rien à mâcher, creva en achevant ses restes.

Mais le vent semblait être son complice. Il

brossait les arbres avec son souffle et saupou-
drait les airs de feu en faisant voler des bois-
seaux d'étincelles. Le ciel, épongé par ces énormes flocons de flammes, se cachait la face dans
sa voûte noire. Là où le feu avait dévoré, la terre
était constellée par des braises errantes sur son
tapis de ténèbres.

Cornaillou était à deux doigts de sa perte.
L'ennemi avait contourné l'incendie et continuait à le poursuivre. Une nuée de gens armés
faisaient le coup de feu dans les bois. On voyait
des apparitions de flammes brusques et l'on entendait le bruit des détonations qui semblaient
des notes saccadées de basse. Les gens de Cornaillou se lamentaient. Lui les faisait silencieusement avancer en file sur un sentier qui ser-
pentait sur la crête de la montagne. Ceux qui
ne pouvaient fuir encore se blotissaient derrière
des blocs de rocher en attendant leur tour de
passer outre.

Cornaillou, grave et serein, contemplait le ciel
et disait :

— Le parfum des fleurs est plus suave que
l'odeur de la poudre. Le vent de la nuit est
plus caressant que le souffle d'un baiser. Oh !

8.

que la fraicheur est douce, que le temps est beau et ces gens-là viennent l'assombrir et l'empester avec la fumée et le réchauffer avec leurs coups de feu.

La fusillade continuait et se rapprochait. C'était comme une grêle de bruits. On se précipitait. Cornaillou, placide au milieu de cette agitation générale, se tenait debout et calme. Il semblait dominer les événements et les attendre de pied ferme. Les balles cinglaient çà et là. Un homme blessé se roulait par terre. Un autre gémissait. Les cris de l'ennemi se mêlaient à leurs plaintes. Les balles tapaient au hasard. Un Arabe tomba mourant à ses pieds. Les jambes du blessé s'assouplirent, son corps s'allongea et ses bras se tordirent affreusement. Cornaillou vit tout cela aux reflets sanglants de la lueur rougeoyante des derniers feux de l'incendie. On entendait déjà le bruissement des feuillages agités par l'ennemi qui furetait et le craquement de ses armes qu'il rechargeait sans cesse.

La procession des gens de Cornaillou achevait de passer en ce moment.

— Venez, dit Cornaillou aux quelques guerriers de sa bande qui l'entouraient. Il est temps.

Tous franchirent l'angle du rocher et se retournèrent pour se mettre autour d'une monstrueuse pierre qu'ils s'efforcèrent de faire pivoter à force de bras. Elle masqua le sentier comme une barricade. Ce sentier contournait sur d'énormes brisants. Une foule de rochers montraient sauvagement leurs têtes anguleuses. Par ce mouvement, la troupe de Cornaillou avait disparu comme derrière un guichet. Les ennemis s'approchèrent de la mer en battant le creux et les flancs du ravin.

Pendant qu'ils descendaient en tirant des coups de fusil au hasard des ombres mouvantes, Cornaillou et quelques-uns de ses braves étaient remontés par derrière. De là, ils étaient revenus sur le dos de l'ennemi, l'avaient assommé à coups de pierre, tué à coups de feu et jeté à la mer à coups de crosse.

La détresse des uns faisait la débâcle des autres. L'acharnement désespéré de la lutte semblait encore être insulté par la mer qui, en choquant ses gros bouillons, venait cracher sur les combattants et soufflait dans l'air un murmure sauvage.

Pendant ce temps, la tribu de Cornaillou

s'éloignait en colonne dans la combe, tandis
que ses guerriers, dominant l'ennemi descendu au bas de la côte, le chassaient et le culbu-
taient.

Le spectacle était rigide. Devant eux, l'étendue.
Dans l'étendue, des vagues qui roulaient, couraient, se brassaient, cabriolaient, s'embrouil-
laient et venaient baver avec rage sur le sable
du bord. Au loin, des phares dont les feux tour
naient comme les convictions d'un homme de
rien. Et puis, dans le ciel, un fond nuancé d'un
rouge cendré par les ténèbres. On eut dit que
les ténèbres, semblables à des éponges imbibées
d'huile, brûlaient dans la coupole du ciel.
C'était l'incendie de la forêt qui allumait le
firmament.

Cornaillou était aussi terrible à la lutte
qu'acharné. Il traversa le fourré des buissons,
trouant ou tranchant les hautes fougères, cas-
sant ou courbant les bois, abattant ou embro-
chant les gens de Messaoud à coups de fusil ou
de baïonnettes. Il avait arraché une arme d'entre
les mains d'un mourant et, cette fois, il était
épouvantable de courage. Il allait en avant, plein
de fureur et de hurlements.

La troupe épouvantée de Messaoud se dispersa dans la fuite. Beaucoup avaient péri.

Bientôt il ne resta sur le champ du carnage plus que les blessés en train de mourir. La mer seule, en mugissant, soufflait sur ces douleurs.

Cornaillou avait indiqué à ses gens le lieu du ralliement. On devait se rassembler à la pierre tournante du sentier. Tous étaient revenus chargés des armes et des dépouilles des tués. Sans s'arrêter à examiner leur butin, ils enfilèrent un à un le sentier à la suite de Cornaillou, pressant la marche pour rejoindre sa colonne qui montait la colline. Au bout d'une heure de course, ils atteignirent la tribu, qui avait fait halte sur un sommet. Cet endroit était évasé comme un berceau. On y était abrité contre le vent. L'herbe y était haute. C'était un lieu admirable pour camper. On y passa la nuit. Des veilleurs postés tout autour du camp firent sentinelle.

# XIV

Cornaillou, qui voulait régulariser sa position vis-à-vis de Hiamina et grandir son prestige vis-à-vis de la tribu, ordonna le lendemain, au lever du soleil, que ce jour-là serait un jour de repos et de fête parce qu'on était en un lieu sûr et caché. On allait célébrer la délivrance de la tribu par le mariage de Hiamina.

Dès le matin, Cornaillou rassembla la tribu autour de lui et dit :

— Soyez sans crainte avec moi. Vous avez vu comment je vous ai délivré du massacre et arraché des mains des gens de Messaoud. Je vous mène dans un pays qui est à l'entrée du paradis. Dans ce pays que nous allons habiter vous n'aurez pas à courir chaque jour après chacun de vos besoins. Il y aura de tout en abondance. La terre y donne le henna, le sembel, le safran, le musc, la canelle, du riz, du coton, du tabac, de l'indigo, des bananes, de la gomme blanche et rouge, du loudun, des noix de gouron, du millet et de la poudre d'or. Pour la chasse, nous aurons, dans les forêts, l'éléphant, le rhinocéros, le lion, le tigre ; dans les plaines, la gazelle, la girafe, les autruches ; dans les rivières, l'hippopotame ; dans tous les lacs, des poissons et partout des oiseaux. Nous ne travaillerons que trois mois par année et le reste du temps sera pour le plaisir et les fêtes. Pas d'autre malaise que trop de chaleur en été, et pas d'autres maux que la soif en voyage. Voilà ce que sera le beau pays où je vous mène.

Tous ceux qui l'écoutaient parler ainsi ouvraient les yeux aussi grands que la bouche. L'étonnement éclata en applaudissements. Cornaillou reprit :

— Il faut avoir foulé avec ses pieds ce tapis parsemé de perles semblables à des fleurs et parsemé de fleurs semblables à des perles pou

savoir l'apprécier. Il faut avoir vu des troupeaux
d'animaux sauvages brouter des broussailles
parfumées pour sentir l'irruption d'une joie
abondante qui remplit l'âme. Comparativement
à cette terre stérile où vous meniez la vie de la
misère et du danger, où le soleil mangéait le
lendemain l'herbe que la pluie avait fait croître
la veille ; où vous étiez des gens de la faim et
de la soif, où vous n'aviez à votre saoûl que des
misères ; où vous étiez des va-nus-pieds et des
mendiants toujours en route et toujours en
quête ! Votre labeur était rude parce que votre
métier était le métier des maudits. Votre pays
était le pays des crimes, de la peste, des grandes
maladies, des puces et de la vermine. Remer-
ciez Dieu qui m'a envoyé à votre secours.
Bénissez le Seigneur autant que le désert est
étendu, car depuis que vous marchez à ma
suite tous les jours et à chacun de vos pas vous
vous éloignez de l'enfer. Vous en êtes déjà à
trois cent mille journées de marche depuis
vingt-quatre heures.

Tout le monde s'inclina pour baiser la terre
en signe de respect et d'adoration.

En ce moment, Hiamina arriva, se dindon-

nant au balancement du pas de sa monture.
Elle était juchée sur un mulet caparaçonné
d'un tapis à franges rouges et conduit par
Rebbi.

La foule prosternée se releva et s'ouvrit pour
faire place. Hiamina, éblouissante, fit sa triomphante entrée au milieu d'eux. La vive rougeur
de ses joues semblait être la reverbération de
la joie intérieure de son âme.

Autour d'elle un cercle de musiciens et de
chanteurs cabriolaient en danses effrénées d'allégresse. Les uns jouaient du tambourin et
d'autres de la flûte de roseau au milieu des
chansons. Rebbi donna un signal. Tous ces
bruits s'arrêtèrent. Il dit alors à Cornaillou :

— Je vous présente la fiancée de votre cœur
pour en faire l'épouse que Dieu vous destine.
Que le Seigneur vous bénisse !

Hommes, femmes, enfants, vieillards pré-
sents à ce spectacle crièrent à la rescousse :

— Que Dieu vous bénisse.

Rebbi reprit :

— Je souhaite que nos prières vous soient
propices comme l'eau est propice à la moisson
et comme l'herbe aux troupeaux.

5

Cornaillou alors prit Hiamina dans ses bras pour la descendre à terre. Il l'embrassa au front, lui passa l'anneau au doigt et tous les deux s'agenouillèrent pour recevoir la bénédiction du cadi et de toute la tribu.

— Soyez unis et bénis, dit le cadi en leur joignant les mains.

Hiamina était une femme belle de loin, agréable de près, splendide de toutes façons, et fameuse entre toutes les femmes. Debout, elle ressemblait à un palmier lointain. Belle elle était déjà et plus belle elle se faisait encore, car lorsqu'une femme arabe comme Hiamina, s'est orné les yeux du noir de koheul, s'est appliqué sur les mains le rouge orange de henna et qu'elle a mâché la branche de souak pour se parfumer l'haleine, se blanchir les dents et faire pourprer ses lèvres, elle est admirable.

Cornaillou lui dit en lui prenant la main :

— O maîtresse de mon cœur et de ma maison, que Dieu me bénisse avec toi. Parce que je suis fort, je n'exige pas que tu sois mon esclave, mais je veux être ton serviteur pour te montrer que je suis bon.

En disant ces paroles, Cornaillou la conduisit dans sa tente et la tribu se livra encore pendant plusieurs heures aux fantasias de la noce et le mariage de Cornaillou et de Hiamina fut accompli suivant les coutumes.

# CHAPITRE XV

Le lendemain , Cornaillou conduisit sa nouvelle tribu à la conquête de la terre promise.
Ils marchèrent sur la crête de ces ravins abominables de la Kabylie.

La Kabylie est une vaste étendue de montagnes compliquées qui chevauchent depuis Oran
jusqu'à Bône et séparent le Tell du Sahara.
Ces régions montagneuses couvrent la moitié du
territoire algérien. C'est là qu'habite une population puissante et guerrière perchée par
fractions sur ces sommités rocheuses. Les Kabyles sont les Savoyards de l'Algérie. Fiers et
indépendants, ces montagnards sont infatigables
au travail, indomptables à la guerre parce qu'ils

vivent dans un pays si énormément montagneux qu'on n'a rarement pu les déloger de tous ces recoins qui s'encombrent de ravins infranchissables et de pics inaccessibles. Le Jurjura que les Romains appelaient : *Mons Ferratus* et que les Français appellent : *la grande Kabylie* subit d'abord , vers l'an 300 , une guerre d'extermination dirigée par l'empereur Maximien. Les indigènes n'y pouvant plus tenir sur ces écueils explorés par la guerre, creusèrent des villes souterraines pour se cacher. Il en existe encore une aux environs de Bougie. Elle renferme plus de 200 maisons en briques , bien conservées, avec des rues voûtées. On y descend par un escalier qui dérobait autrefois cette cité ténébreuse.

Un demi-siècle plus tard les Kabyles reprirent les armes pour soutenir l'anti-César Firmus.

Au V<sup>e</sup> siècle , les Vandales s'abattirent sur Bougie. Genséric en fit son nid jusqu'à la prise de Carthage. De la Carthage d'autrefois est sortie la Tunis d'aujourd'hui.

Vers la fin du VII<sup>e</sup> siècle , l'immense invasion arabe conduite par Okba reflua du fond des plaines jusqu'au col des montagnes. Bougie fut

enlevée d'assaut. Ses habitants et leurs mœurs
furent soumis au régime musulman. Malgré sa
prospérité faite avec le commerce et les pira-
teries, malgré sa force faite avec dix mille
hommes et deux forteresses, malgré sa résistance
faite par une muraille d'enceinte de cinq mille
mètres, le fameux Pierre de Navarre l'enfonça.
Venu des îles Baléares avec quatorze navires,
cinq mille combattants et une forte artillerie,
il se jeta sur Bougie avec une telle rage que
tout ce qui avait des jambes s'enfuit. Les troupes
du roi Maure allèrent si loin qu'elles appelèrent
et ramenèrent à leurs secours plus de trois mille
Turcs et des nuées de Kabyles qui vinrent
bloquer la ville. En présence d'un pareil entourage, le gouverneur espagnol capitula pour avoir
la vie sauve. Mais Charles-Quint le fit mettre à
mort pour avoir été lâche. Depuis lors Bougie,
ruinée au dedans par les Turcs et ruinée au
dehors par les Kabyles, vécut aussi de la ruine
des autres en écumant la mer.

Ce fut dans ces montagnes que Cornaillou
s'aventura avec sa tribu.

On marchait beaucoup. On vivait mal. On
dormait peu. Toute la nuit ils entendaient les

aboiements des dogues du douar qui se que-
rellaient avec les hurlements des bêtes fauves.
Des chacals et des hyènes essayaient de venir
rôder autour des troupeaux gardés par les chiens.
Sous terre, les grillons joignant leurs cris de
grelot au bruit de crécelle des cigales faisaient
charivari. En l'air, une fraîcheur traînée sur
les ailes de la bise passait par couches sur les
visages endormis. En ouvrant l'œil, ils voyaient
à travers un trou de la tente un immense champ
d'étoiles au plafond du ciel comme une prairie
de marguerites.

Les fainéants trouvent que la terre est basse,
mais eux trouvaient qu'elle était dure, car bien
avant le jour ils se levaient. C'était alors un
tapage, des fracas de voix et l'on voyait de grandes traînées de lumière trouant et refoulant les
ténèbres. Les lueurs flamboyantes rougeoyaient
sinistrement sur la figure noire des Arabes
barbus, au bonnet couleur de flammes. On em-
paquetait alors les bagages. On les portait pour
les brûler sur le bât des mulets et des chameaux
et l'on se mettait en marche à travers la nuit,
les bois et les ravins.

Le voyage pouvait encore être long. Il importait de se rationner pour ménager les vivres qui diminuaient. On en avait beaucoup perdu dans la fuite et dans les combats.

Vers la fin du troisième jour de marche il fallut penser de bonne heure à se chercher un endroit abrité pour faire l'étape du soir. La pluie les poursuivait. On apercevait à l'horizon rétréci une voûte pleine de vapeurs noires avec un rideau de nuages bordés par des lambeaux de dentelles fantastiques. De grosses nuées se formaient en un bloc. Le ciel de couleur d'ardoise devint chocolat. Des avalanches de nuages se tassaient et s'amoncelaient en montagnes. Le long de la route les chameaux au cou en anse de panier ramassaient avec leur museau par ci par là une bouchée d'herbe qu'ils mâchonnaient en recevant des coups de bâtons des chameliers pressés et transis d'inquiétude.

L'horizon mouvant s'abaissait par nuées noires. On eut dit que le ciel était broyé en poussière fumante sous la trituration des tonnerres qu'on entendait rouler dans ce fond obscur. Puis le ciel sembla s'abattre à plat ventre sur la terre.

La colonne de Cornaillou arrivait près d'une

forêt. Avant qu'elle ait pu y entrer, le mauvais temps arriva. En un instant tout leur passa dessus : tempête, tonnerre, grêle, pluie. La tempête engouffrait ensemble des torrents de bruits. Elle écrasait le ciel sous le pilon de ses foudres. Le tonnerre, trainant à grand train toute son artillerie, semblait broyer un monde qui s'écroulait en grêle. Les grêlons rebondissaient comme de la mitraille. La pluie tombait comme des criblures. La marche de la colonne oscillait sous tous ses coups. Les Arabes s'étaient fortement encapuchonnés pour empêcher le vent endiablé de leur découvrir la tête : mais en un clin-d'œil leur burnous mouillé, trempé, ruisselant se colla sur leurs épaules et fouetta leurs jambes. La pluie qui leur coulait sur la figure leur faisait un visage tout en larmes. Les femmes, dont les plis de robe rentrant sur leurs corps, faisaient saillir leurs formes, apparaissaient comme des fantômes ambulants.

Quand ils arrivèrent dans la forêt le feuillage des bois était criblé. Les branches étaient dépouillées. Les arbres étaient en squelettes. On eut dit que le souffle empoisonné de l'automne avait passé par là. Maintenant que la tribu était

5

arrivée à l'abri, le mauvais temps était loin. Les
gens, les bêtes et les bagages étaient trempés
de pluie comme si on les eut mis mariner dans
l'eau. La tempête passa et s'en alla furieuse.

On fit halte. Les uns plantèrent les tentes,
tandis que d'autres allèrent chercher du bois
pour faire du feu afin de se sécher et de mettre
cuire de la nourriture. En marchant dans la
forêt, à tous les pas, ils trouvaient des oiseaux
assommés par la grêle. Ils en firent une véri-
table moisson. Ils en ramassèrent une si grande
quantité qu'il y en eut pour nourrir toute la
tribu pendant deux jours.

Cornaillou comme Moïse ne manqua pas de
leur dire pour cela qu'ils étaient les aimés de
Dieu.

— Dieu, leur dit-il, jette sa foudre par dessus
nos têtes pour effaroucher les ennemis qui auraient envie de nous suivre. Il jette ses ruisseaux
de pluie pour effacer la trace de nos pas et il
jette sa grêle comme des projectiles de chasse
afin de nous envoyer des provisions du gibier
qu'il tient en réserve dans son grenier de l'air.

Les Arabes étaient contents de ces paroles
prophétiques. Confiant en Cornaillou, ils le
suivaient sans souci de la vie.

Le lendemain, ils se remirent en route pleins de gaîté, le corps réchauffé et rassasié de bonne viande. Ils gravirent plusieurs collines et s'égarèrent hors des sentiers des hommes. La terre paraissait n'avoir été touchée que par la griffe des bêtes fauves.

Le cinquième jour, ils arrivèrent sur une crête raide et escarpée de tous les flancs. Cette crête qui, de loin, semblait aiguisée en lame comme pour couper l'horizon était le bord d'un plateau qui s'étend en une immense courbe. Cet endroit, tout à fait inaccessible et inhabité, était un pays vierge. Cornaillou y installa sa tribu. Elle y bâtit la ville de Kuelàa. Cette ville, établie à la face du ciel, sous le vent et les nuées, semblait être sur un balcon de montagnes. Pour rendre le pays plus inabordable à l'ennemi, on fit brûler des rochers aux endroits accessibles, afin de mettre tout l'alentour à pic comme une enceinte. Ensuite, tandis que son peuple s'occupait à ensemencer des céréales et du jardinage, Cornaillou songea à faire une constitution qui règlerait la vie sociale de sa tribu. Cornaillou pensait que les formes de gouvernement les plus savantes et les plus sages sont toujours révolutionnées par les mauvaises mœurs. Un peuple pour être républicain jusqu'à l'indi- vidualisme, doit avoir pour providence une ins- titution respectée et pour souverains des cou- tumes honnêtes. Avec cela il ne craindra pas l'intrigue des passions politiques ni les préro- gatives privées broyant l'intérêt général et l'ordre n'aura pas besoin de s'appuyer contre une hié- rarchie judiciaire, militaire ou religieuse.

N'ayant pas de chef, il faut être vertueux malgré soi pour vivre en commun. Ce n'est que lorsque la vertu commence à peser à un homme qu'il demande un maître qui lui fasse des lois rigides pour le maintenir dans les bonnes mœurs. Sa mollesse ne lui en donne plus le courage, tandis qu'avec un maître, pourvu qu'il évite de tomber dans les grands crimes du Code pénal, il n'a pas besoin de vertu.

Vouloir un chef, c'est là le premier besoin de ceux qui n'ont pas de tête. Avoir un maître, c'est indispensable aux brigands et aux enfants, à ceux qui manquent de raison et à ceux qui manquent de conscience, aux aveugles et aux faibles.

Ainsi, le peuple Kabyle observe peu ou point

de religion. Il reconnaît Dieu et le glorifie, voilà
tout. La cause de cette indifférence en matière
de dévotion provient de son esprit industriel
qui lui fait comprendre combien la paix, l'ordre
et l'honnêteté sont indispensables au commerce
et au travail. Il s'occupe activement à des travaux
d'art qui lui enlèvent le goût de s'occuper de
manigances politiques.

La Kabylie indépendante est généreuse parce
qu'elle est libre. Elle a des asiles pour les savants, des écoles pour les enfants, des habitations publiques pour les mendiants et des auberges pour les passants. Ce sont des *zaïouas*.
Ces *zaïouas* sont des universités scientifiques
et religieuses en même temps que des auberges
gratuites. Ces établissements sont sacrés par les
mœurs et consacrés par les âges. La faim et le
vagabondage sont inconnus dans ce pays. Le
pauvre, comme le savant, s'en va de *zaïouas*
en *zaïouas*. Il s'y fait héberger pendant une
semaine et passe ainsi le reste de ses jours en
voyages, en études, en observations.

Cornaillou institua une *zaïouas* où tous les
enfants de la tribu étaient nourris, logés et ha-
billés. Ils apprenaient une demi-douzaine de

courtes prières, l'écriture, la grammaire, l'arith-
métique ; et à l'âge de 15 ans l'enfant, devenu
homme, rentrait dans la tribu et se livrait aux
travaux de son goût.

De tout temps les Arabes ont eu pour premier soin de la vie de se munir d'armes, de
chevaux de selle et de harnachement de guerre.
Dès le plus bas âge, le jeune garçon commence
à monter sur les chevaux et se familiarise avec
un fusil ou un sabre. Il apprend à s'en servir
habilement. A quinze ans, c'est un guerrier
jusqu'à soixante. Il est toujours prêt à partir
pour aller combattre sous les ordres souverains
d'un cheik, d'un caïd ou d'un aghas. Ce sont
là des chefs universels. Ce cortége de cavaliers
à la suite d'un chef forme le goum.

Dès que la nuit était venue, Cornaillou faisait
sonner du clairon dans sa ville de Kuelàa.
Aussitôt tout le monde fermait ses portes et on
lâchait dans les rues une troupe de chiens affamés qui faisaient la police de nuit et une police
redoutable. Ils s'attaquaient à tous les passants
attardés. Quiconque combattait avec un chien
était considéré comme semblable à une bête.

Les femmes s'occupaient de la nourriture.

Les hommes s'occupaient des travaux des champs.

En France, la cuisinière prépare les aliments en négligé matinal. En Afrique, la Mauresque met ses parures les plus élégantes pour faire rôtir un poulet ou pétrir du kouscoussou. Les filles les plus illustres s'adonnent à ce travail dédaigné par les grandes dames françaises. Suivant cette coutume, Hiamina se faisait une toilette éblouissante avec dés guirlandes de fleurs dans les cheveux. Et Cornaillou disait toujours en la voyant faire :

— Le kouskoussou sort blanc des mains de mon épouse comme le lait du sein de ma mère.

Et tandis qu'elle se livrait à ce travail d'asperger l'au salée, secouant ses bras nus autour desquels tintaient des bracelets d'or, pour rouler la semouille afin d'obtenir la grenaille de pâte, la chanson d'amour éclatait sur ses lèvres roses et sa négresse Mordjana l'accompagnait sur la *derbouka*, tambourin sonore. En chantant, elle vidait, elle brassait et faisait essouffler sa bande de pâtes en nuages gris gonflés. C'est ainsi que

toutes les femmes de la tribu de Kuelâa préparaient la fête du ventre.

Chaque maison était construite à toit plat
formant une terrasse. Les maisons communi-
quaient entre elles par des ponts jetés par dessus
les murs. Les voisins avaient chacun la moitié
d'un pont-levis qui leur permettait de recevoir
ou de refuser des visites le soir, tandis que les
chiens rôdaient à travers les rues.

Ces pauvres bêtes allaient fourrager parmi les
immondices et fouillaient les fumiers et les tas
d'ordures, se mordant, bataillant et hurlant. Ils
auraient dévoré le premier étranger qui se serait
risqué dans ces parages. A entendre leur vacarme, on eut dit un charivari de voix enragées.
Ils aboyaient toute la nuit autour des remparts
et faisaient bonne garde jusqu'au matin, où on
les retirait dans des loges.

Quand il se trouvait un assassin, un bataillard,
ou un querelleur dans la tribu, on l'affublait
d'un vêtement de femme et on lui mettait en
collier les intestins d'un animal. Dans cet ac-
coutrement hideux, on le menait au marché
pour le faire connaître à tout le monde comme
un mauvais frère. Ensuite, il était vendu comme

un esclave à un homme courageux qui était chargé de le conduire et de l'abandonner hors du pays. Ces coupables n'étaient pas jugés dignes de jouir de la liberté ni de la fraternité, puisqu'ils ne savaient pas s'en servir. Ils étaient exclus de la tribu par une assemblée générale.

Quand un cas semblable se présentait, un marabout avertissait tout le monde à son de trompe pour les inviter à se réunir tel jour à tel endroit. Quand tout le monde était groupé à l'heure dite, le marabout, qui passait pour un homme de sagesse et de science, expliquait le but de la réunion, énumérait les fautes du coupable, qui était présent attaché à un poteau. Ensuite, il consultait et demandait le conseil à suivre. Chacun, petit ou grand, important ou de peu de valeur, parlait, donnait son avis et était toujours écouté. Les opinions diverses recueillies, le marabout faisait connaître la décision. Si elle était acceptée, tout le monde battait des mains en signe de consentement. Si l'on protestait, on redélibérait.

Ce fut dans ces conditions qu'un jour on bannit un assassin nommé Bakaru. Ce Bakaru avait demeuré dans la tribu de Messaoud. En voyant Hiamina il l'avait reconnue et avait deviné l'enlèvement qu'avait fait Cornaillou. Et ce fut précisément Cornaillou qui fut chargé d'emporter et d'abandonner Bakaru hors du pays. Bakaru, violenté par ce fait, jura de s'en venger.

A cette époque, Cornaillou avait déjà un enfant de Hiamina. L'enfant avait alors huit ans et s'appelait Mohamed. A le voir, on eut deviné qu'il deviendrait un jour un homme valeureux. Mais à entendre les imprécations de Bakaru, on pouvait prévoir que cet enfant ne jouirait pas longtemps de la protection de son père, car en s'en allant Bakaru dit à Cornaillou :

— Je n'étais pas coupable et tu m'as exproprié de ma famille et de mes biens. Je n'étais pas coupable ! Par la tête du Prophète, je l'affirme comme je l'affirmerai le jour du jugement quand Dieu sera kadi (juge) et les anges qui viennent à la maraude de nos péchés seront témoins. Mais du *fedjer* ou *moghreb* (du point du jour au coucher du soleil), je ne penserai qu'à toi pour m'en venger, je le jure. Je compterai mes misères pour remplir un jour ton

ventre d'autant de pierres que je te ferai manger
jusqu'à ce que tu en meures d'indigestion,

— Quand tu te rapprocheras de moi, je te
baignerai dans la fumée de ma poudre, répliqua
tranquillement Cornaillou en lui montrant son
revolver.

Bakaru ricana en s'en allant obliquement à
travers les grandes herbes d'alpha. Cornaillou
le suivit longtemps des yeux, puis il retourna
dans sa tribu.

# CHAPITRE XVI

Bakaru avait marché plusieurs jours. Il était venu jusque dans la tribu de Messaoud qui avait perdu la piste de Cornaillou, et il lui avait dit mystérieusement.

— Caïd, je sais où est ta fille Hiamina. Combien estime-tu la tête de son ravisseur, je te la livre ?

— Si tu me montres Hiamina, je te donne son pesant de grâces et de trésors. Si tu me mènes où est Cornaillou, je te donne des terres de la longueur de ton regard.

— Si ta parole sacrée ne te brûle pas la langue, viens, toi et un autre chaouch, et nous

irons prendre Cornaillou dans son nid de rochers.

— Ce n'est pas assez de trois pour l'attaquer,
J'y conduirai tous les guerriers de ma tribu.

— La force n'y peut rien. La ruse fera tout.
Trois hommes feront plus qu'une armée.

— Soit! Le nombre ne m'effraye pas. Je serais
seul avec ma tête que je ferais accroupir mon
chameau pour descendre les combattre à pied
ceux qui causent mon tourment.

Le caïd fit appeler un robuste Arabe de sa
tribu et il l'arma de pied en cape. Bakaru et le
caïd s'équipèrent aussi et tous les trois par-
tirent.

Huit jours plus tard, Cornaillou, vers la nuit
tombante, se trouvait dans un de ses champs
situés aux confins de la vallée de Kuelâa. Près
de là se trouve le grand ravin qui sert de rempart à ce plateau immense. Cornaillou avait trois
chameaux qui broutaient de l'herbe en attendant
le moment de recevoir des charges de blé que
des faneurs leur préparaient dans les champs.
Tandis qu'il était assis rêveur devant sa tente
plantée là pour un jour, il vit trois femmes qui
le corps très-penché vers la terre, venaient vers

lui en ramassant de l'herbe et du bois. L'une avait l'air de glaner des épis. La tête basse, le dos courbé, toutes les trois s'avançaient ainsi lentement. Quand elles furent près de la tente isolée où se reposait Cornaillou, Cornaillou leur cria :

— Hé! les femmes, ne coupez donc pas l'herbe si près devant le nez de mes chameaux.

Mais les travailleuses continuaient leur besogne sans avoir l'air d'entendre. Dispersées, elles s'avançaient en se réunissant. Cornaillou se leva et s'approcha d'elles. Aussitôt, les fausses travailleuses levèrent la tête et se jetèrent sur lui. Il fut entouré, couché et bâillonné en deux tours de mains. Toutes les trois se vautrèrent sur lui pour l'attacher et elles l'emportèrent furtivement avant qu'il ait pu faire entendre un cri d'alarme aux gens de sa tribu occupés à leurs travaux agricoles. L'herbe haute empêcha aux hommes épars dans les champs de voir et d'entendre la manœuvre de Bakaru et de ses deux complices déguisés en femmes. Tous les trois s'enfuirent sans avoir été vus emportant Cornaillou. Ils redescendirent la côte du ravin en se cramponnant aux broussailles et aux angles de rochers. Bakaru portait sur ses épaules Cornaillou garotté comme un fagot. La nuit venait au moment où eux s'en allaient. Quand ils eurent regrimpés l'autre pente du ravin et furent disparus derrière l'horizon, ils retrouvèrent là-bas leurs chameaux couchés. Ils avaient eu la précaution de leur lier les jambes pour les faire rester accroupis.

Bakaru déposa alors sa charge. On jucha et on lia solidement Cornaillou sur le dos d'un chameau et nos trois hommes poursuivirent ainsi leur voyage. Ils chevauchèrent toute la nuit, entendant pâmer et râler leur victime au pas accidenté de la monture qui le portait.

Ce terrain montueux, coupé de ravins n'avait pas de sentiers. Le pied des chameaux tantôt buttait contre le crâne d'une pierre déterrée, tantôt contre une touffe d'herbe où trainait un cordon de ronce. Il y avait autant de vers-luisant dans l'herbe que d'étoiles dans le ciel.

Les montagnes amalgamées à des blocs de nuages montaient jusqu'au milieu des étoiles. Et des troncs de rochers informes, ébauchés par la nuit, semblaient des monstres accroupis dans le sommeil. Le ciel était tacheté de nuées noires où l'on voyait des trouées semblables à des meurtrières aux bastions d'une forteresse.

Cornaillou, sanglé sur la croupe du chameau, était plus rageur que plaintif. Il pensait à Hiamina, aux gens de sa tribu, à tout ce qu'il quittait. Tout le pays de Kueláa était dans son imagination. Et son imagination frissonnante était plongée dans une vision effroyable en pensant à ce qu'on allait lui faire. On allait peut-être lui arracher le corps par miettes pour lui donner la mort par morceaux.

Ses trois ravisseurs chevauchaient silencieusement. Ils ne firent pas une halte avant le jour. Quand le vent du matin essuya la figure du ciel barbouillé de nuages pour faire épanouir l'aurore, nos voyageurs arrivaient au sommet d'une côte grêlée de rocailles. Ils avaient passé dans un ravin desséché qui sert de sentier pour le passant qui monte pendant le beau temps et qui sert de lit pour le torrent qui descend aux jours de pluie. Ils avaient gravi une montagne si haute qu'à ce sommet il semble qu'en écoutant bien on entendrait ce qui se chante dans le paradis. On se sent pour ainsi dire dans l'absence. Le coup-d'œil plane sur l'infini, car le

regard s'étend si loin qu'on pourrait presque
dire qu'il s'avance jusque dans l'éternité.

Le vent avait proprement balayé le ciel. Pas
un nuage n'y traînait. Pas une effluve ne le
ternissait. Pas une ombre ne troublait la trans-
parence du vide. Rien. On ne voyait que le bleu
clair et pur de la voûte céleste faite toute d'un
bloc. Sous ce ciel bombé et lustré comme un
immense réflecteur, un soleil éblouissant rejaillissait sur les deux profondes étendues de la nue
et de la terre.

En regardant au loin on voyait tout le pays,
ici cassé par les échancrures de ravins, là ren-
flé par le gonflement des monts, plus loin, creusé
de vallons évasés en cuvette de verdure. Cette
multitude de pics sourcilleux forme un horizon
gaufré. Au milieu de ce troupeau de montagnes
bossues semblables à une caravane de chameaux
accroupis, il y a des vallons tendus d'une verdure pâle et déchirée par des rochers chauves
qui sortent à nu. Au-dessus de tout cela des
volées de cigognes se croisaient, montaient et
descendaient en l'air. On voyait aussi s'abattre
sur des étendues de feuillage des nuées d'oiseaux

6.

comme des pincées de poivre qu'on jetterait sur
un bassin de salade pantagruélique.

Cette formidable montagne semblait être
l'autel de l'immolation de Cornaillou, car les
trois arabes avaient arrêté leurs montures et
avaient mis pied à terre. Ils se rapprochèrent
pour se parler. Pendant qu'ils se concertaient
à voix basse, des crapauds drus et rauques se
mirent à les huer en coassant en chœur. Les
trois Arabes allèrent vers ces cris et trouvèrent
une mare recouverte d'une crème de moissure
et abreuvée par un filet d'eau qui sortait sans
bruit d'une source.

Cornaillou, morne et affaibli de malaise et de
fatigue, les regardait faire. Les trois Arabes
altérés burent chacun une gorgée d'eau et mangèrent un morceau de pain, puis ils montèrent
sur leurs chameaux pour repartir. Ils redescendirent l'autre versant de la montagne à grands
pas sans accomplir le sacrifice de Cornaillou. Il
faut croire que le cri des crapauds leur avait fait
changer de détermination en leur suggérant des
scrupules.

A mi-côte de la montagne, ils trouvèrent un
chemin extravagant. Il allait le long des préci-

pices. Il contournait le flanc des collines de rochers. Il s'allongeait bizarrement à travers des ravins. Nos voyageurs étaient obligés de faire comme lui pour le suivre. Les montagnes n'en finissaient pas de se replier les unes sur les autres. Ils traversèrent une forêt incendiée où il ne restait que les squelettes des arbres charbonnés. Partout c'était la solitude, l'aridité et la désolation.

L'horizon qui, pendant tout le temps de leur descente, s'était raccourci devant leurs yeux se déploya tout à coup à perte de vue au tournant d'un coteau. Au loin, l'immense désert apparaissait à nu avec sa mer de sable.

Il y avait au penchant de ce coteau un vallon plein de verdure et de fleurs. Quelques buissons de lenstiques, des massifs d'oliviers sauvages, des groupes de myrtes en forme de chapiteaux, des halliers fourrés de clématites et furetés par les oiseaux, des bouquets de lauriers roses et des multitudes de plantes de cactus et d'aloès vivaient en communauté sur ce terrain. L'Arabe qui, comme l'oiseau, se cache près d'une source sous le feuillage avait habité là, car on voyait les ruines d'une chapelle mahométane dont la

coupole blanche couchée dans l'herbe semblait
une boule de neige sur un plan de verdure.

C'était un endroit délicieux. Les fleurs se faisaient voir. Les parfums se faisaient sentir et
les oiseaux se faisaient entendre.

Les trois Arabes s'y arrêtèrent pour manger.
Il était temps. Ils avaient fait près de vingt
lieues entre deux bouchées de pain.

Ils offrirent à boire à Cornaillou en lui vidant
un filet d'eau sur la bouche. Cornaillou amaigri
de sueurs et de fatigues, les yeux cernés de souf-
france, les membres gonflés par le serrement
des cordes, se laissa faire. Les rides de son visage étaient tracées par les sillons de sa sueur.
Tout ce qui passa par sa tête quand il passa par
ce long chemin, ferait une rivière de pensées.
Mais ce fut bien pis quand on fut arrivé dans le
désert. Les Arabes, voyant que Cornaillou si
affaibli ne voulait pas manger et qu'il mourrait
de faim et de lassitude avant d'arriver dans la
tribu de Messaoud, lui préparèrent un supplice
affreux.

On le détacha et on le mit à terre, couché
sur le dos. Ensuite, on lui lia les bras et les
jambes à quatre piquets. Ayant la face contre le

ciel, il buvait du soleil à pleins yeux, à plein
nez et à pleine bouche. Ce fut alors que Messaoud, brandissant un coutelas se jeta sur lui
en l'apostrophant en ces termes :

— Que les scorpions lui servent d'épingles et
les vipères de ceinture à cette femme qui t'a
fait ! Tu as détruit mon repos en m'arrachant
ma fille pour l'entraîner dans la perdition. Dis-
moi où tu l'as menée, sinon je te ferai une
torture à chacun de tes souffles. Cette fois tu ne
sortiras de mes mains que pour aller dans celles
du diable.

Cornaillou ne répondit pas. Il était suffoqué
sous le trépignement des genoux de Messaoud
en furie. Il se taisait d'anéantissement.

Messaoud après une pause reprit alarmé.

— Je t'en prie, je t'en supplie, je t'en conjure,
je te mettrai en liberté si tu me rends ma fille
chérie, ma Hiamina adorée, ce souffle de mon
âme.

Cornaillou pantelant ferma les yeux en grinçant, comme si mille poignards de feu lui per-
çaient le cœur.

6.

Alors Messaoud, regardant le ciel, s'adressa
à Dieu :

— O mon Dieu, toi qui sais tout d'avance,
dis-moi quand ces vents de malheur tourneront,
quand ton soleil me montrera ma fille perdue !
O toi qui fais de l'ombre avec des feuilles,
découvre ma joie enfouie sous mes peines !

Après cette prière, il baissa la tête et donna
un rude coup de genou à Cornaillou gisant.
Cornaillou tressaillit à peine.

— Ta fille, dit Bakaru qui l'avait entendu
parler, ta fille est là-bas où nous avons pris ce
misérable. Je l'ai vue.

— Est-ce bien vrai ? Dis la vérité parce que
nous devons tous mourir et tout se saura.

— Par Dieu, qui ne dort ni ne rêve, je le
jure, répondit Bakaru en levant les mains en
l'air.

Alors Messaoud, se tournant vers Cornaillou,
hurla :

— Tu mourras ! tu mourras ! tu mourras !

Abasourdi par ces vociférations enragées,
Cornaillou ouvrit les yeux à demi. Il s'agissait
maintenant de le faire souffrir dur et longtemps.
Le caïd et ses deux compagnons résolurent de

l'endormir pour lui préparer un réveil épouvantable de douleur. Cornaillou était d'un tempérament robuste et il pouvait endurer longuement sa cruelle agonie.

On pila et on fit détremper du sikhane dans un verre d'eau et on lui ingurgita ce breuvage qui l'endormit profondément. Pendant ce sommeil, le caïd s'agenouilla près de Cornaillou. Il tira son coutelas et lui fendit doucement la peau du ventre sans trouer les intestins. Cornaillou était si fortement assoupi qu'il ne sentait aucun mal. Le caïd continua son travail de bourreau en prenant garde de ne pas couper les entrailles, afin de ne pas le tuer. Une bave de sang courait de la plaie béante. Les boyaux à nu et roulés en boudin palpitaient hideusement en se gonflant et se dégonflant à chaque respiration de la victime inerte.

Bakaru, son compagnon et le caïd mirent chacun une poignée de cailloux dans ce ventre entr'ouvert et fumant.

Chacun blasphéma à son tour :

— Qu'il soit maudit.

— Qu'il soit damné.

— Qu'il soit le plus damné et plus maudit des damnés et des maudits.

Ensuite, le caïd se mit à recoudre la blessure avec une aiguille à racommoder les outres en continuant de jurer.

A peine cette opération finie, on coupa les amarres qui tenaient Cornaillou attaché par les membres. La fermentation de la douleur le secoua bientôt de sa léthargie. Il s'éveilla. Il ouvrit des yeux égarés en poussant un hurlement épouvantable. Le malheureux se tordait sur le sable comme un serpent à qui l'on a cassé les reins. Il faisait des efforts désespérés comme pour s'arracher de quelque part. Il retombait de spasmes en convulsions, se rejetait de convulsions en crispations. Ses poings, ses bras, ses jambes, ses pieds, sa figure, tout se remuait dans une tourmente effrénée. Sés cris étaient saccadés par ses grincements de dents. Tandis que Cornaillou se tordait ainsi de douleurs, ses trois bourreaux le regardaient faire en se tordant de rire. Ces misérables frémissaient, mais frémissaient de joie en voyant écumer cette agonie de démon.

Cornaillou, violenté par toutes ses fibres

agacées, essaya de se relever. Il eut la force de
se mettre debout et de faire quelques pas. Il
chancelait comme un homme ivre. Arrivé près
d'un nopal, il s'y appuya. Il n'avait plus la force
de se tenir. Une faiblesse mortelle le gagnait
tout entier.

Depuis quelque temps on voyait à l'horizon
venir une caravane. Les trois Arabes, qui perdaient l'espoir de pouvoir emmener Cornaillou
vivant et qui ne voyaient pas qu'ils pussent
longtemps encore jouir de son supplice, l'aban-
donnèrent pour s'enfuir devant la caravane qui
venait vers eux.

Cornaillou, tourmenté comme un homme qui
a des coliques infernales, se tâta le ventre et le
regarda. Ce coup d'œil lui avait montré une
horreur. Il vit son corps entr'ouvert. Il tira son
couteau et coupa le fil qui recousait sa bedaine.
Ses entrailles de pierres coulèrent à ruisseaux
sur ses mains qui s'ensanglantèrent. L'air frais
entra dans lui-même. Il s'affaissa languissant
et expirant.

Deux heures plus tard, quand la caravane
vint à passer, elle trouva ce malheureux. Son
ventre était défoncé et ses entrailles bavaient

sur les deux lèvres de sa plaie hideuse. Il vivait
encore. Les crises de la douleur contractaient
sa figure à chaque souffle de sa respiration Le
*tobba* (médecin) de la caravane s'empressa aussitôt de le soigner. Il examina l'entaille. Les
intestins n'étaient pas déchirés. Il les nettoya et
les rangea en ordre et recousit délicatement la
coupure, puis banda le ventre. On fit boire au
malade des boissons apprêtées avec des herbes
calmantes et fortifiantes. Ensuite le *tobba*
prépara une potion dans une eau bouillie qu'il
fit avaler à Cornaillou. Cela le vivifia. Ce fut
un remède héroïque.

Au costume de Cornaillou, on voyait qu'il
était chef de tribu. On le soignait avec de grands
égards espérant tirer grand parti de lui. La
caravane fit là une étape de trois jours pendant
lesquels Cornaillou resta couché sur une natte
d'alpha. Quand on questionna Cornaillou pour
avoir des indications sur sa tribu, il déclara ne
plus savoir où elle était. Alors les gens de la
caravane l'emportèrent en otage en s'en allant.

On continua la route à travers cette plaine
immense et fatigante. Il fallut marcher trente
jours sans trouver un brin d'herbe, sans trouver

une goutte d'eau. On ne voyait que le ciel enflammé et le sable nu. Dans cette immensité
vide et monotone, des caravanes de chameaux
sont comme des fourmis quand elles émigrent
en troupe. Pour vivre, il fallait poursuivre cer-
tains lézards qui nageaient dans le sable et
glissaient sous les pieds. Leur peau est blanche
et lisse et ils ont de courtes pattes. On les faisait
griller sur des charbons. C'est un excellent
ragoût. On croirait manger des poissons de
mer.

Plus loin, ils virent venir un nuage de sauterelles. Le ciel en était noir. Elles tombaient par
grêlée. On commença par faire une provision
de cette moisson qui leur tombait du ciel, mais
ils n'avaient pas de bois pour les faire griller
ni de l'eau pour les faire bouillir. Néanmoins,
chacun ramassa et emporta sa charge de sauterelles pour les manger à l'étape. L'Arabe les
mange rôties ou en ragoût.

La sauterelle est une bête curieuse à étudier.
En l'examinant on voit qu'elle forme la syn-
thèse des races animales. Quoique petite, elle
ressemble à beaucoup de gros animaux. Elle a
la tête du cheval, les yeux de l'éléphant, le cou

du taureau, les cornes de l'antilope, la poitrine du lion, les ailes de l'aigle, les cuisses du chameau, les pattes de l'autruche, le ventre du scorpion et le corps écaillé du serpent. Araignée par les jambes, oiseau par les ailes, chacal par les dents, ce faible animal fait de la terrible besogne. Ce petit ravageur arrête la nature comme le grain de sable arrête la mer.

Les sauterelles sont les loups de Dieu, disent les Arabes. Dieu les a créées avec le reste du limon qu'il avait dans les doigts le jour où il a pétri la race humaine : c'est pour cela que dès que la sauterelle disparaîtra, successivement toutes les autres espèces d'animaux périront. La fin du monde sera proche.

# CHAPITRE XVII

Tandis que Cornaillou s'éloignait ainsi dans le désert, s'en allait loin du pain et près de la soif, dans sa tribu de Kuelàa on l'avait long-temps cherché. On n'avait retrouvé que ses dé-pouilles. Il avait si bien disparu qu'on l'avait cru mort. On commençait à le pleurer.

De jeunes et de vieux cavaliers, tous muets de douleur, la tête encapuchonnée et baissée, étaient mornement assis autour d'un cercle de femmes consternées qui entouraient ses dé-pouilles.

Tout près, dans la prairie, les petits enfants du douar riaient et couraient en s'amusant avec les gros lévriers (*slouguis*). Pauvres innocents !

7

qui apportaient et dissipaient leurs joies à côté de cette réunion de douleurs ! Au loin des troupeaux de moutons et de chameaux pêle-mêle rôdaient sans bergers à travers les champs.

Plus loin, de grands bœufs dans les hautes herbes s'interrompaient de brouter et de mâcher. Ils levaient la tête et baissaient les oreilles en avant pour écouter la voix sombre et violente d'une tempête.

On entendait gémir dans l'air les plaintes des (*neddabat*) pleureuses qui se déchiraient la figure avec les ongles et essayaient de s'arracher les joues à poignées en chantant lugubrement en chœur :

— Son cheval est là, son fusil est là, son épouse est là, son sabre est là, ses éperons sont là et lui où est-il ?

— Ce qu'il est devenu, la nouvelle en est chez le bon Dieu, répondait un groupe de voix pleurantes sur le ton d'un psaume,

— S'il est chez le bon Dieu, nous irons le voir un jour. Nous le reconnaîtrons. Il avait la main toujours ouverte, le sabre toujours tiré, la figure toujours joyeuse.

— O mon Dieu, vous êtes seul Dieu, reprenait l'autre chœur. Faites-lui une place assez
spacieuse. Donnez-lui une habitation meilleure
que la sienne, des amis meilleurs encore que
ses bons amis et une épouse plus parfaite encore
que l'épouse admirable qu'il avait. Lui, il était
bon, rendez-le meilleur. Il était bien ici, faites
qu'il soit mieux là-haut, car il a dû se réfugier
chez vous. Ouvrez-lui votre porte.

Chez les musulmans, la femme ne doit point
pleurer un homme assassiné avant qu'il ait
été vengé, car du crâne de ce cadavre, il sort,
disent-ils, un hibou qui crie sans relâche : Désaltérez-moi ! désaltérez-moi. Il hurle ainsi jusqu'à ce qu'il ait bu du sang de l'assassin.

Les uns croient que l'âme est dans le sang
parce qu'il n'y en a plus dans le corps une fois
cadavre. D'autres croient qu'elle se transforme
en hibou qui revient la nuit gémir sur la tombe.
C'est pour cela que le corbeau, avec son plu-
mage de deuil qu'il secoue dans les ténèbres
parmi les branchages noirs, est pour eux l'image
de la mort.

Pendant que les gens de la tribu faisaient
ainsi la cérémonie des funérailles en versant des

pleurs sur la mémoire de Cornaillou, Hiamina arriva. Son visage pâle avait la couleur des raisins qui n'ont pas mûri. Quand cette femme apprit la disparition éternelle de son mari, elle jura devant l'assemblée et sur la tête de son enfant :

— Que ma race soit détruite si Cornaillou n'est pas retrouvé. Par Dieu qui m'écoute, je le jure. Personne ne verra mes dents à travers mon sourire et mes yeux mouillés ne sécheront pas tant que mon voyageur sera dans l'absence. Il est une portion de mon cœur. Il est un morceau de mon âme. Il est la moitié de moi-même. Je dénoue mes cheveux au gré du vent et je ne me recouvrirai la tête que le lendemain de ma vengeance. Moi femme, je serai un homme, je le jure. Vous autres, hommes, jurez-moi que vous ne serez pas des femmes.

Aussitôt tous les guerriers qui étaient là accroupis dans le deuil, se levèrent en masse. Leurs figures fortement bronzées par les sueurs avaient le teint du pain d'épice. Leurs bouches sauvages s'ouvrirent pour crier :

— Nos yeux, nos oreilles, nos fusils, veilleront pour vous sans relâche. Nous ne renonce-

... à la vengeance que le jour où nous n'aurons plus de têtes.

Les mères qui étaient là levèrent les bras en
l'air pour ajouter :

— Et nous le jour où nous n'aurons plus
d'enfants.

Et le chœur des guerriers reprit :

— Alors, patrie, nous mourrons ta mort,
Alors, femme, nous perdrons tes pertes.

— Ferrez vos chevaux. Aiguisez vos lances.
Remplissez vos sacs de provisions, dit Hiamina.
Nous avons à marcher jusqu'à ce que nous
trouvions l'ennemi. Nous avons à vivre dans la
lutte jusqu'à ce que nous soyons vengés. Prenez
vos plus beaux vêtements et vos plus riches ar-
mures parce qu'il faut être éclatant pour la mort
comme pour le triomphe.

— Nous tuerons du même fusil et nous mourrons du même sabre. Qu'ils viennent donc nos
ennemis ! S'ils veulent de la réputation, nous
leur en donnerons avec nos coups ! criaient les
guerriers enflammés d'enthousiasme.

Aussitôt les notables de la tribu s'assemblè-
rent pour délibérer sur les mesures à prendre
afin de retrouver Cornaillou et de venger son

enlèvement. Hiamina s'avança au milieu d'eux.
Taille élancée, l'allure fière, ayant beaucoup de
noblesse dans sa tête et son plein cœur d'énergie, elle leur parla en ces termes :

— Mes amis, dites à tous les guerriers que
celui qui m'apportera la tête du maudit qui m'a
enlevé Cornaillou m'aura pour femme s'il veut.

Aussitôt tout le monde tressaillit d'allégresse
et chacun battit des mains en criant :

— Vive la grande et belle Hiamina pour
moi !

Hiamina était sublime de caractère et de
grandeur d'âme. Elle toisait un homme face à
face sans sourciller. Montée sur son dromadaire,
elle avait assisté à plusieurs combats, excitant
les guerriers avec la voix et le geste. Elle sup-
portait volontiers la fatigue, la faim et la soif.
L'ivresse de la vie enivrait son ardeur guerrière.
Les sentiments qui l'agitaient fouettaient son
sang. Les cheveux noirs qui foisonnaient sur ses
tempes flottaient au souffle de la brise. Le soleil
qui la frappait en plein visage en faisait ressor-
tir une expression altière.

On décida qu'on s'équiperait sans retard et
qu'on partirait dès le lendemain à la recherche

du coupable. Mais Messaoud les devançait dans leur œuvre. Messaoud était allé quérir les guerriers de sa tribu. Il arrivait à marches forcées avec une forte troupe du côté de Kuelâa pour surprendre sa fille. La petite troupe s'avançait à travers ces mille escarpements de ravins. Les *chouafa* (éclaireurs) étaient en avant. Ils étaient à l'œil. Les targui se tenaient prêts à tous les coups de main. Le jour, ils marchaient en se cachant dans les broussailles ou en cheminant dans le fond des ravins. La nuit, ils reprenaient la plaine et les bons sentiers des crêtes de collines afin de s'orienter.

Vers le minuit du douzième jour de marche, ils entendirent aboyer les chiens de l'ennemi. Ils avaient trouvé une issue pour gravir la pente des rochers et arriver sur le plateau de Kuelâa. Les tentes de la tribu apparaissaient vaguement à la clarté des étoiles.

Ils avancèrent avec précaution. Mais bientôt les sentinelles jetèrent un cri. Ce cri fut comme une mèche allumée qui mettrait le feu à une poudrière de voix. Il y eut aussitôt dans l'air l'explosion d'une tempête de clameurs. Un vacarme de hurlements mit tout le monde debout

dans les transes. Des groupes de gens armés et
à demi-vêtus arrivaient en se poussant pour se
ruer dans la bataille. Des coups de feu ripos-
taient à des coups de lance. Des hourrahs ré-
pondaient à des coups de feu. L'attroupement
de la tribu formait une tourbe. La mêlée se serrait et le sabre se mit à sucer du sang de toute
la longueur de sa langue. On entendait que cris
et que coups. On ne voyait que la masse des
ténèbres éteignant les étoiles filantes de la mous-
queterie des combattants. On était aveuglé par
la nuit. On était ébloui par les coups de feu
qui se perdaient en éclaboussements de comètes.
On eut dit que le fouet de la foudre coupé en
morceaux était jeté à poignées à la face de ces
ahuris.

On frappait à l'aveugle. Le massacre se faisait comme une moisson enragée.

Toute la tribu de Hiamina était au combat.
Toutes les forces de Messaoud étaient à l'atta-
que. On s'était jeté en avant à corps perdu au
risque d'y rester mort pour soi pourvu qu'on fut
triomphant pour les autres. La mêlée était
sanglante. La lutte était terrible. La scène était
hideuse dans ce gouffre de la nuit. La bataille

semblait une fournaise d'étincelles dans une forge de démons. A la fois mille cris d'agonie, mille râles étouffés, mille blasphèmes, mille sanglots s'unissaient en une immense et formidable clameur pour retentir dans le ciel toujours noir. Les uns voulaient s'arracher vivant au trépas, les autres voulaient enfoncer leurs ennemis dans la mort. De là, pas en avant pour les uns et recul pour les autres. Les deux masses prises en engrenage corps à corps s'ébranlaient. A chaque mouvement elles rentraient plus avant l'une dans l'autre, et les coups faisaient la mort et la mort faisait l'encombrement.

Bientôt la tribu de Hiamina fut refoulée terrassée et massacrée. Tout ce qui restait encore debout fut assommé. Les mourants furent mis en morceaux. Les hommes, les femmes, les enfants, les vieillards, ne se reconnaissaient plus. Les gens de Messaoud les égorgaient à plein glaive, s'aveuglant dans le sang qui leur rejaillissait au visage.

On avait donné tant de coups que lorsque le jour se leva sur tant de sang, il y avait tant de carnage, tant de bouleversements, tant de tron-

7

çons qu'on ne pouvait pas même compter les cadavres.

Messaoud voulait retrouver Hiamina. On la chercha partout en dépeçant les tentes et en éventrant les maisons écroulées. En découvrant une tente, on trouva le ventre à terre et blotti entre les deux grosses pierres du foyer un pauvre enfant frémissant qui se cachait sous deux outres pleines. On le fit lever. Les coups ne l'avaient pas atteint. Il n'était point blessé, mais il était couvert de sang. Alors on lui demanda :

— Sais-tu où se trouve la maison de Cornaillou ?

— Oui, dit l'enfant en larmes, elle est là-bas. C'est la maison de mon père.

— Connais-tu Hiamina ?

— C'était ma mère. Elle m'emportait en fuyant. Un de vous autres l'a tuée. Nous sommes tombés ensemble. Tout ce sang que j'ai sur moi est d'elle, dit l'enfant en montrant son vêtement ensanglanté.

Ses yeux étaient éclaboussés de larmes. Ses joues étaient éclaboussées de sang. Son costume était éclaboussé de déchirures. Il pleurait.

— Qu'on épargne cet enfant, dit Messaoud.

Il ne faut pas laisser l'innocent pleurer avec la faim, la soif et le soleil.

A trois pas plus loin, on crut trouver Hiamina étendue morte. Sa poitrine était sanglante et trouée. Son cou était sabré. Son épaule était balafrée. Elle était là, gisante, la bouche ouverte, la poitrine ouverte et les deux mains fermées.

A cette vue, Messaoud était tombé à genoux et avait embrassé la tête sanglante de Hiamina en versant des larmes brûlantes sur les caillots du sang froid de ce cadavre. Dans son angoisse, il s'écriait :

— Où suis-je ? Qu'ai-je fait ? Mes espérances autrefois coulaient comme des rivières, aujourd'hui le malheur s'arrête autour de moi. Je repose sur des richesses ; mais tout cela est comme si ce n'était pas, car un homme de trahison m'a tout pris pendant que je rêvais. Il m'a ravi et emporté ma fille. Ma fille est morte. Ma race est détruite. Sans toi, ma Hiamina, je suis comme si je n'avais rien. Mon bonheur est réduit en poudre et semé par le vent comme la poussière des routes.

Pendant que Messaoud proférait ces lamentations, le petit Mohamed, l'enfant de Hiamina, vint se prosterner aussi auprès de sa mère morte. Faisant des caresses pour essuyer les blessures baveuses de son cadavre, il lui disait d'une voix pleurante :

— O ma mère, ma petite mère, ne laisse pas ton petit enfant abandonné aux mains de ces barbares. Réveille-toi au moins pour me dire où est allé mon père, ce père que j'aimais, ce père que tu vénérais, ce père qui nous protégait, afin que j'aille le trouver.

En entendant ces paroles de gémissement, Messaoud releva la tête et farouchement regarda l'air abattu et le visage mouillé de cet orphelin. Tout à coup, il le saisit dans ses bras et avec compassion, avec amour, avec attendrissement il lui couvrit la face de baisers. Et le berçant contre son sein, il lui disait :

— O mon enfant, laisse-moi t'aimer comme un père. Tu es tout ce qui me reste de ma fille. J'adore son image en toi. Je t'aime pour elle. Je t'aime... je t'aime... je t'aime !

L'enfant ébahi ne comprenait pas que cet amour si touchant était mérité.

— Pourquoi m'aimez-vous tant? demanda Mohamed.

— Mon enfant, je suis ton père.

— Non. Mon père ce n'est pas vous.

— Je suis le père de ta mère, mon enfant.

— Pourquoi alors lui avez-vous fait du mal?

— Pourquoi Dieu a-t-il fait la nuit, les ténèbres, l'aveuglement? A toi, je te ferai du bien de toute la force de mon pouvoir.

— Eh bien! le plus grand bonheur que vous puissiez me procurer, c'est de me mener vers mon père, si vous savez où il est, et de m'aider à le chercher si vous ne le savez pas.

— Ton père est mort, mon enfant.

Mohamed baissa la tête pour regarder la terre et se remit à pleurer à grosses larmes en répliquant à son grand-père.

— Qu'en savez-vous?

— Je lui ai planté ce couteau dans son ventre, dit férocement Messaoud en montrant son coutelas.

En même temps il embrassa Mohamed. Cet enfant alors redressa un front irrité et cria en se dégageant des bras de Messaoud.

— Votre baiser me brûle. Oh! laissez-moi fuir.

Et Mohamed prit sa course en hurlant comme si on l'étranglait.

— Oh! non, jamais je ne pourrais aimer l'assassin de mon père et celui qui a égorgé ma mère. Leur sang me bout dans les veines; je vois tout rouge. Je souffre, je souffre, je souffre.

Et disant cela, il s'enfuyait.

Messaoud assommé de surprise et glacé d'émotion le regarda s'éloigner et disparaître dans les grandes herbes sans chercher à le poursuivre ni à le faire arrêter. Les cris de l'enfant sonnaient dans sa cervelle comme des cymbales.

Messaoud en était ébranlé d'épouvante.

Il semblait qu'il s'enroulait sur lui-même. Il n'était plus maître de lui. Il sentait quelque chose de pesant qui l'envahissait et l'alourdissait comme s'il était cloué à terre. Sa troupe transie de pitié regardait Messaoud perdre la tête et l'esprit.

Quand Mohamed toujours pleurant arriva au

loin il vit surgir une femme au-dessus des épis d'un vaste champ de blé.

Il se mit à crier :

C'était sa mère en effet.

— Ma mère ! O ma mère !...

Voyant la dispersion de tous les gurriers de la tribu, elle avait pu échapper au massacre de la bataille en courant se cacher pour sauver son Mohamed qu'elle emporta dans ses bras. Dans la précipitation de sa fuite, elle était tombée en route.

L'endroit était encombré de morts. En se relevant elle avait cru prendre Mohamed pour l'emporter et elle avait au contraire saisi le tronc d'un cadavre. Quelques pas plus loin, s'étant aperçue de sa méprise, elle avait laissé tomber d'horreur ce morceau de chair humaine et s'était blottie dans un champ de blé pour attendre le jour.

Il lui était impossible de revenir en arrière pour chercher son enfant sans risquer de se faire tuer tous les deux. Elle attendit donc de mortelles heures dans toutes les angoisses que peut avoir une mère qui sent qu'on lui déchire les entrailles.

Elle avait épié toute la nuit. Au moindre bruit elle s'était levée en sursaut.

Elle avait passé une nuit de fantôme.

Le lendemain matin en entendant les cris de son enfant qui accourait en pleurant elle s'était précipitée pour venir au-devant de lui. Chaque sanglot de Mohamed était comme un coup de tocsin dans l'imagination de cette mère affolée de joie.

L'enfant en apercevant sa mère avait cessé ses cris d'alarme. Hiamina lui avait sauté dessus, l'avait serré dans ses bras pour le dévorer de baisers. Elle l'embrassa mille fois avec furie.

— Ne pleure plus mon petit Mohamed. Viens partons vite.

Après l'avoir caressé, consolé avec des baisers voraces, elle le prit par la main et tous les deux s'éloignèrent à grands pas.

# CHAPITRE XVIII

La caravane qui emmena Cornaillou souffrant et malade chemina pendant quarante jours dans le désert. Cornaillou fit le voyage constamment porté sur un chameau. Le soir on le descendait pour le coucher à l'étape. Les premiers jours il éprouva de grands maux de ventre. Au début, sa blessure ne s'était pas encore fermée ni affermie. Chaque pas du chameau était pour lui un coup qui lui résonnait dans les entrailles. Il endura ce dur voyage pendant lequel sa plaie se cicatrisa peu à peu sous la compression d'un large bandage qu'il portait en guise de ceinture.

Au bout de quarante jours, il commençait déjà bien à marcher. Les forces lui étaient

revenues. Il mangeait avec appétit. Pendan
les loisirs de l'étape il s'amusait à faire de
cartouches pour son revolver.

A cette époque, la caravane était arrivée au
environs des Ouled. Dans ces endroits, san
être marécageux, les sables y sont baignés dan
les pluies d'hiver. De grosses herbes fraîche
croissaient et recouvraient le sol. Les lits de
rivières sont broussailleux. La broussaille es
garnie de gibiers. Le pays est abondant ei
lièvres, lapins, gazelles, perdrix, pigeons. Le
hyènes, les renards et les chacals y sont l
comme chez eux. Ils osent pénétrer jusque dan
les bivouacs, pour y gaspiller les outres pleine
de farines, de beurre et y chercher des moi
ceaux de viande. Ces régions sont traversées pa
les *Touareugs* ou Arabes de proie. Ce sont de
bandes de brigands qui pillent les caravane
et qui vivent dans des courses aventureuses. Il
ont pour devise : « La nuit c'est la part d'
pauvre quand il est courageux. » Aussi, l
nuit, le voyageur qui se hasarde dans ces pa
rages, doit museler son chameau pour l'em
pêcher de mugir et d'appeler l'ennemi.

Les Touareugs ne battent pas du briquet l

nuit pour ne pas faire d'étincelles lumineuses.
Ils ne fument pas pour que la fumée du tabac
éventée par la brise du soir ne se sente pas
au loin. Ils se tiennent en garde et en armes.
Ils dorment sur leurs armes chargées, le sabre
entre les dents.

Les Touareugs forment une population
pillarde qui vit dans un pays désolé du Sahara.
Ils ont le caban en peau de chèvres sur les
épaules et la chachia sur la tête. Leur industrie
c'est de faire la douane sur les caravanes.

Ils suivent des pistes et des traces pendant
plusieurs jours, sentent la fumée du tabac ou
l'odeur de la poudre à plusieurs lieues, vivent
de viande séchée au soleil. Ils se la procurent
avec de maigres troupeaux qu'ils entretiennent
dans le creux des montagnes.

Leurs femmes ont les jambes nues et les
cheveux flottant en désordre. Elles demandent
l'aumône aux caravanes en attendant que leurs
maris viennent, le yatagan à la main, demander
la bourse ou la vie.

La caravane dans laquelle était Cornaillou
fut un soir attaquée par une bande de ces terribles chasseurs d'hommes et de bêtes. Ces

sauvages qui n'ont ni loi divine ni loi humaine
arrivèrent comme apportés par le vent du
désert. Un nuage de poussière brune perpendi-
culairement déployé s'était élevé en tourbil-
lonnant à l'horizon et s'était approché en effaçant
le ciel. La troupe était accourue comme un
ouragan et avait assailli la caravane comme une
trombe qui se brise en mille morceaux tombant
en mille chocs. Cette poussière enveloppa la
caravane d'un nuage étouffant et dans ce chaos
se démêlait une troupe d'êtres féroces, courant,
sanglants, noirs, hideux.

Il y eut à la fois de grands cris et de grands
coups.

Une clameur formidable retentit longtemps.
On combattit au milieu du désordre et des vociférations d'insultes. Un hurlement répondait à
chaque mouvement. Les mains levées, les bouches ouvertes, les armes à feu, tout faisait les
ressacs du vacarme et de la lutte. Pendant une
heure ces hommes farouches furent aux prises.
La mêlée était comme une meute enragée qui se
tient avec les griffes et les dents.

Beaucoup de chameaux étaient éventrés.
D'autres avaient pris la fuite avec leurs charges,

...lus grande partie de la caravane déjà
...asée râlait d'épuisement. Les beuglements
...eux des chameaux blessés semblaient encou-
...ger le combat. Bientôt tout fut dispersé ou
...ort. Ceux qui ne jonchaient pas le sol étaient
...n fuite.

Les Touareugs qui avaient eu le dessus
allaient commencer à vivre sur le bien d'autrui.
Ils n'avaient plus qu'à ramasser leurs morts et
les dépouilles de la caravane. Ils couchèrent
non loin de l'endroit du combat. Toute la nuit
ils fouillèrent et dévalisèrent les ennemis tombés en même temps que les chacals et les
hyènes rôdaient attirés par l'odeur du sang et
de la viande fraiche.

Cornaillou qui avait été culbuté du premier
coup, était tombé à plat ventre et était resté à
terre sans force. Il enfonçait ses ongles dans le
sable comme pour s'y cramponner. Il pleurait de
rage. On lui marchait sur les épaules. Deux
Touareugs s'étaient fait un piédestal de son
corps pour dominer et assommer leurs ennemis debout. Cornaillou écrasé par le trépigne-
ments des pieds de deux hommes râlait. Bientôt
il perdit le souffle. Il était presque étouffé.

Tombé à terre un des premiers il était loin
du lieu où avait péri les derniers combattants.
Les chacals et les hyènes qui avaient flairé le
carnage, étaient venu et lui avaient donné des
coups de dents à lui et à bien d'autres. Mais la
fraicheur de la nuit et les morsures avaient ré-
veillé de sa torpeur Cornaillou engourdi par les
premiers sommeils de la mort. Il res ira quelques parfums qu'il portait dans sa poche. Cette
respiration vivifiante le ranima.

Une vieille nuit noire avait mis ses chiffons
de ténèbres sur le champ de carnage.

Le lendemain quand les Touareugs virent le
jour blanchir le désert, ils creusèrent une
grande fosse et trainèrent les cadavres au bord.
Avant de les jeter dans le creux on les dépouil-
lait.

Quand vint le tour de charrier Cornaillou, il
se laissa faire. Mais au moment où l'on saisissait
son cadavre pour le dépouiller, le mort se leva
sur ses jambes, fixa un coup d'œil effaré sur les
Touareugs effroyablement surpris d'entendre et
de voir en même temps six coups de révolver
éclater à leur face et faire dégringoler six de
leurs hommes dans la tombe.

Les uns laissèrent là les morts et leurs
dépouilles et s'enfuirent. D'autres se prosternèrent à terre en proclamant Cornaillou : *le
prince des esprits*. Tremblant de peur , ils
criaient au miracle en l'acclamant : le roi du
désert et leur maître.

Ces coups de feu successifs sortant de la
même main presque à la fois avaient émerveillés
les Touaregs. L'ignorance voit toujours quelque
chose de Dieu dans ce qu'elle ne comprend
pas. On se soumet à ce surnaturel comme à une
force supérieure à tout. On se passionne pour
le surhumain avec enthousiasme. Chez les peu-
ples barbares, la raison n'étant rien , la force
brutale est tout.

Faute de civilisation , les sauvages et les
arabes en général vénèrent la force brutale dans
un homme comme un pouvoir divin. Aussi les
voleurs , les brigands sont les premiers hommes
des douars. Les femmes recherchent de préfé-
rence ceux-là. Elles ne se complaisent qu'à
admirer la taille , la force , la charpente humaine
dans l'homme. Ces qualités bestiales sont les
plus grandes à leurs yeux. Elles méprisent les
hommes pusillanimes qui n'ont pas le courage

des grandes choses même abominables. Les
hommes audacieux et forts sont les hommes de
leur cœur et de leur enthousiasme pour les
tribus aussi comme pour elles. C'est pour cela
qu'ils ont besoin d'un maître parce que la barbarie les guide.

Saisis d'extase, les Touareugs qui étaient là
prosternés autour de Cornaillou lui offrirent
leurs actions de grâces. Cornaillou avait l'air
menaçant et courroucé. Il s'était dressé au milieu de cet affaissement général.

— Maître, nous voilà à tes pieds. Nous sommes
tes serviteurs, disaient les Touareugs.

— C'est debout que je veux vous voir pour
courir annoncer à vos tribus que celui qui ne
meurt jamais est avec vous.

— Viens avec nous, nous te porterons dans
nos tribus, répondirent les Touareugs, car tu
es un Aïssa, le Dieu des morts. Viens chez nous,
nous t'y porterons sur nos épaules avec un
palanquin. Viens là-bas. Tu y trouveras une
jolie fiancée qui te donnera une mère si tu n'en
as pas, qui te donnera du lait si tu l'aimes, qui
qui te rafraichira au souffle de ses baisers si tu
es amoureux.

Cornaillou prit un air superbe et leur parla comme s'il avait la taille d'une pyramide.

— C'est moi qui commande au vent du désert. C'est ma main qui fait aller le tonnerre. D'un souffle je puis vous envelopper et vous ensevelir tous dans les tourbillons de sable que soulève le simoun. Je tiens sous terre le soufflet qui jette tous les vents des quatre points cardinaux. Je fais la nuit et le jour en jouant aux boules avec la lune et le soleil que je jette tour à tour d'un pôle à l'autre. J'ai en mon pouvoir le soleil qui fait la soif, la lune qui fait la nuit, le simoun qui fait le mal et le tonnerre qui fait la mort. Soyez obéissants et fidèles, sinon vous périrez tous de ma main terrible. Vous qui ne vivez que du bien des autres, sachez que vos cous valent plus que tous les biens de ce monde.

— Nous te bénissons, grand Aïssa, notre maître et notre Dieu. Viens avec nous pour nous protéger, nous t'adorerons. Nous ramasserons la terre où tu marcheras pour nous sanctifier, et la poussière qui porte l'empreinte de tes pas pour nous ensevelir.

En disant cela, les Touareugs s'étaient levés et s'étaient empressés d'entourer Cornaillou pour le mettre sur un palanquin qu'on improvisa avec des tellis. En peu d'instants, ils eurent organisé une marche triomphale. Les uns chargés de butin, les autres poussant les chameaux en troupe, d'autres chantant des chansons de fête et de victoire, tous suivaient le pavois sur lequel Cornaillou était porté en triomphe. Pendant ce temps Cornaillou chargeait ses deux révolvers et s'apprêtait à faire feu des deux mains au moindre mouvement de trahison.

Ils s'en allèrent ainsi bien longtemps et bien loin. Au milieu du jour la troupe des triomphateurs apportant un Dieu en ôtage arriva au Djebel-Kifar. Cornaillou fut salué par mille cris de joie et mille bruits d'allégresse.

La population de ce pays montagneux vit au hasard. La tribu est formée d'habitations éparses dans une immense rayure de montagnes qui se replient vers les côtes de la mer. Dans ce pays de socialistes sans théorie, on vit un peu en commun sur le domaine de Dieu. On s'appelle pour venir aux fêtes comme pour aller au combat.

Quand les diverses tribus veulent se convier à une réunion générale, elles font un charivari avec tous leurs instruments bruyants, tamtams et cymbales. Au premier mugissement de ce tocsin que les voisins entendent, ils en font autant et bientôt à une lieue à la ronde, tous les alentours sont en bruit et en alerte. Chacun saisit ses armes et court au lieu général des assemblées. De là on se disperse à l'affût dans un bois fourré, dans un ravin, dans des broussailles, si c'est l'ennemi qui est signalé, ou bien on passe la journée en foire, en danse, en course, en fantasia si c'est une fête.

A l'approche de Cornaillou dont des avant-coureurs avaient annoncé l'arrivée comme si c'était un dieu infernal, on avait jeté l'alarme à grand bruit pour assembler les populations. Vingt Touareugs trainaient en le roulant un énorme tambour de la grosseur d'une maison branlan e. De chaque côté, deux indigènes munis de longues perches tamponnées au bout, battaient du fléau à tour de bras contre les deux vastes peaux qui résonnaient jusqu'à une journée de marche. En entendant ce rappel populaire, tout homme en état de porter les armes arriva. Aussi l'affluence était considérable pour venir au devant de Cornaillou. Ces sortes de paysans

du Danube au poil hérissé, ayant tous tête, pieds
et jambes nus, s'étaient attroupés semblables à
des tas de mendiants sauvages. Ils avaient l'air
affamé et l'allure féroce. Pourtant c'est un beau
pays que le Djebel-Kifar : car la vie est commode même sans avoir besoin de piller les
caravanes.

Les ravins sont peuplés de gibiers. De l'eau,
Dieu en a mis dans tous les vallons. Du bois, les
collines en sont couvertes Des fruits, les figuiers
et les vignes en produisent assez pour l'été et
l'hiver. Pour la viande, les troupeaux four-
millent. Les chèvres, les brebis, les chamelles
y sont des sources de lait. Pour marcher, les
indigènes ont ces infatigables *mahara.* C'est
avec ces animaux qui sont leurs *vaisseaux de
terre* qu'ils vont piller les pays et faire des
razzias à 200 lieues à la ronde.

En voyant cette grouillante tourbe de sauvages assemblés, Cornaillou ne se déconcerta
pas. Il imagina de faire un épouvantable coup
d'éclat pour étonner l'esprit de la multitude
par sa force prodigieuse.

Quoique étant regardé comme un dieu,
Cornaillou n'avait qu'une confiance limitée dans

cette adoration. Il savait que ces sauvages comme
les chrétiens pour mieux adorer leur dieu
finissent toujours par le manger. Un jour ou
l'autre il s'attendait à être mis en morceaux. Il
s'agissait donc de se tirer de leurs mains jointes
avec ruse avant que son prestige fut usé. Ce
n'était pas rassurant de voir approcher toutes
ces affreuses peuplades hurlantes, débraillées,
cyniques. Il avait bien encore son révolver chargé
pour en imposer à l'imagination volage de ces
indigènes, mais cela ne pouvait avoir qu'un
effet de quelques jours. Et quand la poudre
viendrait à lui manquer, son révolver ne serait
plus qu'un clou entre ses mains.

A l'époque où Cornaillou arriva dans le Djébel
les indigènes ne connaissaient pas encore bien
les armes à feu. Quelques-uns en avaient entendu
détonner dans les combats. Tous portaient
encore la longue lance à large fer, des javelots
de six à sept pieds de long, dont la pointe est
dentelée de crocs recourbés, le bouclier rond,
maintenu au bras gauche par des lanières de
cuir. Le poignard dans une gaine était appliqué
sous l'avant-bras gauche afin que ce fut commode
à saisir. Ils ne le quittaient ni le jour ni la nuit.

8.

Le sabre est encore la meilleure arme, quand le bras est aussi fort qu? le cœur.

En arrivant près de la foule qui l'attendait, Cornaillou commanda aux gens qui le portaient d'arrêter leur marche.

—Allez dire à ces indigènes, vos frères, que je suis affamé et qu'avant de pénétrer dans votre pays pour le bénir il me faut un sacrifice de quelques bêtes pour apaiser l'irritation de mes esprits du mal. Qu'on m'amène une demi-douzaine d'animaux pour une hécatombe. Leur sang sera sucé par ceux qui vivent sous les racines. Et leur corps je vais tous les dévorer pour mon premier repas.

Cette demande épouvanta d'abord la troupe. Un des chefs du cortège alla annoncer aux sauvages rassemblés la volonté du dieu infernal. On n'hésita pas à contenter son désir : car un instant après la foule poussait devant elle un chameau, un cheval, une vache, un antilope, une brebis et une autruche, tous attachés ensemble. S'approchant de ces six animaux rangés en ligne, Cornaillou fit éloigner la foule curieuse comme s'il voulait de la place pour faire manœuvrer un escadron. La tourbe se mit au large pour lui laisser de l'espace. Il ordonna d'éloigner aussi les autres chevaux de la tribu, sinon il allait tout dévorer à la fois.

La foule attentive examinait ce goulu qui allait mettre dans son ventre un chameau, un cheval, une vache, un veau, un antilope et une autruche. C'était une grenouille qui allait dévorer un bœuf. Le prodige allait être bien mystifiant.

Prenant alors la pose d'un maître de cérémonies qui va officier, Cornaillou tira son révolver, l'ajusta sur la tempe droite du chameau et lâcha la détente. Tandis que l'animal tombait tué, il passa la bouche du canon de son arme dans l'oreille du cheval qui se cabra au bruit de la détonation et retomba mort. De son troisième coup Cornaillou tua la vache. Et il étendit à terre l'antilope avec son quatrième coup. Le temps de tourner la main et de tirer encore et la brebis avait aussi cessé de vivre. Quand il arriva devant l'autruche qui se démenait pour se détacher des cinq cadavres qui jonchaient le sol, les sauvages mugirent des hourras effrayants d'allégresse en présence des tonnerres stupéfiants que ce dieu avait dans la main.

Cornaillou alors coupa la corde qui retenait l'autruche affolée et sauta à plat ventre sur son dos. L'animal étendit ses ailes et prit furieusement la course du côté du désert.

Aussitôt les Touareugs se mirent à courir après leur dieu qui s'échappait mais l'autruche épouvantée emportait Cornaillou à toute volée.

L'autruche ne fait jamais de détours. Confiante en son agilité, elle échappe à toutes les poursuites par une course droite et rapide comme celle d'une flèche. Aussi pour la chasser, cinq cavaliers, par une de ces journées brûlantes de siroco, où une sorte de sommeil s'appesantit sur ces mornes solitudes, se postent à des intervalles d'une lieue sur la ligne que l'autruche doit parcourir dans sa fuite. De sorte que le cavalier qui le poursuit s'arrête à l'endroit d'où un autre cavalier s'élance au galop à la poursuite de l'animal qui finit par se fatiguer à force de courir sans relâche. L'autruche essoufflée tombe en se débattant avec d'énormes mouvements d'ailes. Mais aucun cheval seul ne peut atteindre une autruche à la course pas plus à travers les collines qu'à travers la plaine.

Tous les sauvages eurent donc beau courir à

pied et à cheval ils n'atteignirent pas Cornaillou
que l'autruche effarée emporta dans le vide lointain. Elle s'enfilait dans l'espace comme un
boulet. L'espace succédait à l'espace, l'immensité succédait au désert sans que l'autruche
ralentit sa course effrénée. Cornaillou avait le
vertige. Il voyait des milliers de rayons qui dan-
saient devant ses yeux. Bientôt cet homme à
cheval sur un oiseau devint un point noir fuyant
dans l'étendue grisâtre. Puis ce point fuyant
s'effaça sur l'immensité. Cornaillou disparut
tout-à-fait dans l'éloignement aux yeux des Tou-
arcugs furieux et stupéfaits de le voir s'échapper
ainsi.

Il s'enfonçait dans l'horreur du désert. La
course vertigineuse de l'autruche lui faisait
tourner le cerveau. Le battement des ailes de
son Pégase semblait marquer les battements de
son cœur. Il en perdait le souffle d'aller toujours
en droit fil. Ses jambes ruisselaient de sueur et
sa figure était calcinée par l'ardeur du soleil.
Il avait soif. Il regardait les nues. Elles étaient
violacées. Il regardait la terre. Elle était déserte
et nue. Rien à l'horizon. Le vide partout. Il allait
dans le néant. Et il alla longtemps ainsi sans

pouvoir arriver quelque part. Il n'y avait toujours pas de limite. L'horizon semblait couché sous terre. L'autruche courait toujours comme vers un but. Sans ralentir sa marche, elle filait droit. Cornaillou n'avait qu'à bien se tenir. Il se tenait cramponné sur le dos de cette pauvre bête qui portait dans ses jambes le salut de son cavalier. Le cou tendu et la tête allongée en avant comme une lance, elle enfilait sans cesse l'espace.

Vers la tombée du jour, l'autruche commençait d'être harassée. Cornaillou était mourant d'inanition. La soif lui brûlait le gosier, et la faim lui dévorait l'estomac. Il avait à peine la force de stimuler son coursier. Il regarda au loin devant lui pour chercher un terme à cette course.

Au bout d'un instant d'examen il crut démêler quelque chose au loin. Il aperçut une barrière surgir à l'horizon. Il reprit du souffle et du courage.

A mesure qu'il avançait il voyait des points noirs qui venaient en grandissant sur le ciel qui descendait à rase terre. C'était une ligne d'arbres d'un oasis qui apparaissait. Il fit marcher plus vite sa pauvre bête. Mais bientôt l'horizon s'éleva en grossissant par des amoncellements de nuées farouches. Un vent furieux et embrasé commençait à souffler dans cette fournaise ardente du désert. Il souleva et vanna des nuages de sable fin avec un mugissement effroyable.

Dans ce vide funèbre Cornaillou semblait se trouver entre le monde et l'éternité.

Le ciel livide se confondait avec le livide désert. L'air gazé de sable et de poussière parsemé laissait rougeoyer le soleil couchant comme derrière un rideau de feu. L'oasis qui sortait avec sa brassée d'arbres qu'il montrait sur le miroir du ciel avait disparu. Le ciel avait disdisparu. Le désert avait disparu. L'horizon avec ses nuées de sable avait tout envahi.

L'autruche qui courait tout-à-l'heure dans le vide s'en allait maintenant à tâtons à travers le trouble. Elle marchait à l'aveugle. Le vent faisait flotter ses plumes à rebours. Elle n'en pouvait plus.

Elle chancelait. Tout-à-coup elle tomba et se roula par terre en enfonçant son bec, sa tête et son cou dans le sable comme pour s'enterrer.

A la voir faire on eut dit, qu'elle voulait entrer dans la terre.

Cornaillou descendu et couché sur le flanc ne pouvait plus tirer son souffle. Il respirait de la poussière par le nez et par la bouche. Ses yeux en étaient aveuglés. Son gosier s'encrassait. Il toussait. Il éternuait, il faisait des contorsions comme un homme qui veut mourir, tandis que l'autruche criant essayait de percer le sol avec son bec qu'elle enfonçait en tournant comme avec un foret.

Elle s'agitait tandis que son cavalier abalourdi avait l'air d'expirer. Il attendait dans l'étouffement la fin de la tempête. Plusieurs heures se passèrent ainsi. Le simoun labourait le désert qu'il ensemençait de poussière. Pendant cette attente cruelle, sa Hiamina, son fils, sa tribu, les gendarmes qu'il avait tué, la caserne de Bône qu'il avait fui, tout passa et revint mille fois dans l'esprit de Cornaillou.

Quand le vent fut parti, quand la pluie fine de sable retomba sur le désert, quand la brume fut toute entière évaporée, quand le ciel reprit sa sérénité vive et profonde, Cornaillou se releva de sa posture de prostration, regarda autour de lui pour chercher son autruche. Elle avait disparu. Rien autour de lui que l'immensité sans fin du désert immense. Il revit à l'horizon la chevelure d'arbres d'une oasis splendide comme une corbeille de verdure qui lançait ses rameaux dentelés en sombre sur le fond bleu du ciel.

Que faire maintenant? Aller de l'avant ou mourir là. Il avait l'estomac ruiné par la faim et la soif. Il ne pouvait qu'à grand peine se tenir debout. Pourtant il fallait marcher. Le spectacle de la verdure des arbres qu'il apercevait à l'horizon l'attirait, lui redonnait du courage. Le mouvement de la marche le ranimait. Il baissa la tête et marcha longtemps ainsi. Et quand il croyait avoir bien avancé, il regardait à l'horizon pour mesurer du regard le degré de rapprochement. Chaque fois, les jardins se dessinèrent un peu plus grand devant sa vue. Il voyait de magnifiques palmiers de haute stature qui balançaient leur tête de chicorée à la cime de leur tige nue.

Rien de pénible comme cette marche lente dans le désert. D'homme accablé qu'on est, on devient souffrant de tous les côtés à la fois, par

les yeux qui s'enflamment et cuisent, par la
bouche qui se dessèche, par les jambes qui
semblent se disloquer. On avance machinalement comme un idiot ou un ivrogne. C'est une
marche au calvaire. On est exténué. Les pieds
endoloris se gonflent. Une fois enflés, à chaque
pas on appuie sur une douleur. On compte
autant de souffrances que de pas .

Semblable à un palmier, Cornaillou avait les
pieds dans l'eau et la tête dans le feu. Ses
jambes ruisselaient de sueurs. Il était lardé par
ces mille malaises d'une route pénible. Il avait
soif, et il se rappelait la grosse fontaine près de
sa maison de Kueláà. Il souffrait de la chaleur,
et il avait dans son souvenir l'aspect d'un bocage
touffu de frais ombrages où s'assemblait sa tribu.
Il marchait sur un sol mouvant, et il voyait
dans son imagination des prairies tapissées de
grandes herbes bien vertes. Il était las, fatigué,
et il se rappelait l'endroit où il allait se délasser
avec sa Iliamina. Il avait tout cela dans l'esprit
comme une torture qui lime le cœur.

Le soleil était chaud. L'air était bouillant.

Cornaillou ahuri était comme embrasé. Il
se sentait comme léché par des langues de

eu. Il respirait des flammes. Il était brûlant et souffrant. La dissenterie commençait à lui travailler l'intérieur. La fièvre essayait de le secouer au dehors.

Essoufflé il regarda le ciel. Le ciel était nu, vide et désert.

Il s'arrêta un instant pour se reposer. Il sentit qu'une lassitude mortelle lui passait dans les veines.

Au milieu de ce silence torride il entendit comme un cri de scie qu'on râcle. Il tressaillit et se retourna pour regarder derrière lui d'où venait ce bruit.

Le râlement devenait un hurlement.

Il aperçut au large un point noir qui était une bête féroce. Elle accourait. Elle venait à lui en rugissant de joie.

Cornaillou sans secours dans ce désert sans abri, eut peur. La peur lui coupa la fièvre et la fatigue. Il ne se sentit plus aucun mal. Il se mit à courir en avant avec furie et agilité. Il tenait à la main son révolver comme pour se donner du courage.

Il alla longtemps ainsi. La bête féroce gagnait du chemin. Lui se retournait de temps à autre pour la voir venir et regardait avec convoitise la distance de l'oasis. Il distinguait parfaitement les jardins plein d'un fouillis de figuiers, de grenadiers, de jujubiers et de vignes avec ces longues perches des palmiers gigantesques. Cette masse de verdure montait comme une montagne à l'horizon ; mais ce qui lui parut étrange ce fut une nappe d'eau qui s'étendait devant lui. Elle avait l'air d'entourer cette oasis semblable à une ile. Plus il approchait plus cette platebande du lac lui apparaissait claire, nette, transparente, infranchissable, et plus la bête se rapprochait de lui. Il se trouvait entre le choix d'être dévoré ou d'être noyé. Pourtant Cornaillou savait nager. Il avait lutté avec les vagues de la mer à Bône. Il était d'un tempérament nerveux. Les chaleurs, les fatigues, les misères l'avaient tellement amaigri qu'il en était réduit à ses os et à ses muscles. Son corps n'avait plus que la charpente humaine. Sa chair s'était fondue.

Il continua de courir, les nuages tourbillonnaient dans sa tête. Son cerveau se bourrait de fantasmagories.

Sou souffle haletant comme un piston de vapeur donnait de la force à ses jambes qui ne ralentissaient pas leur course.

Il se retounait en courant.

La bête le poursuivait avec furie.

Cornaillou buvait de l'air à pleins poumons. Son gosier altéré était brûlant. Il fuyait avec un désespoir effréné.

Et toujours le vide affreux ne lui offrait aucun abri. Tout semblait déjà avoir fui. Rien que l'isolement partout.

Cornaillou se retourna encore. Il n'était plus qu'à cent pas du lac et la bête féroce allait l'atteindre en quelques bonds.

C'était une panthère.

Elle rugissait de joie comme un furieux animal qui va saisir sa proie et en jouir. Cornaillou ne perdit ni un souffle ni un pas. Il franchit en quelques enjambées l'espace qui le séparait de l'eau. En même temps qu'il arrivait, il mit son révolver dans sa gaine de cuir pour le préserver du mouillé.

La panthère, déjà à vingt pas derrière lui, allait l'attraper quand Cornaillou se jeta à corps perdu dans l'eau, plongea et disparut comme un homme qui a pris son élan depuis une heure de course. Il s'ensevelit sous les flots tandis que la panthère désappointée se mordait les lèvres avec colère. Elle resta dans une posture d'accablement sur le bord du lac dont les ondes provoquées par l'engouffrement de Cornaillou venaient lui baigner les pattes. Presque au même instant elle vit avec un œil d'envie et de furie reparaître sa proie qui flottait sur l'eau.

Cornaillou nageait. Il avait regagné la surface.

Maintenant qu'il était hors du danger de la poursuite il allait doucement sans trop s'essouffler.

L'eau était tiède.

Ce bain lui faisait du bien.

Il se sentait à l'aise. Une réaction doucereuse se produisait dans tout son être. La traversée était longue. Ses muscles tendus s'ammolissaient sous l'action de l'eau. Il nageait sans peine.

L'eau le portait sans efforts.

La panthère qui craint l'eau se roulait de colère sur le sable du rivage. Sa proie lui échappait et s'éloignait.

Cornaillou au bout d'une heure de natation arriva sur l'autre plage.

La plage était solitaire. Il sortit lentement de

l'eau en jetant des regards inquiets sur ce pays inconnu.

A peine si une brise troublait le silence en agitant le feuillage.

Cornaillou s'arrêta un instant autant pour laisser égoutter l'eau qui ruisselait de ses vêtements que pour épier l'endroit où il allait. Il regarda tout autour de lui. Il ne vit personne. Il se blottit sous un figuier.

Après avoir silencieusement mangé quelques figues et quelques raisins dont la vigne était enroulée dans les branches de l'arbre, quand sa faim et sa soif furent apaisés il se mit un instant au soleil pour faire sécher son vêtement. Il ne portait pas le burnous blanc mais il avait la veste à parements dorés avec la culotte nouant sur les genoux et les pieds nus. Les broderies d'or étaient usées aux manches. Le fil d'argent qui ornait les parements de sa veste étaient un peu éraillés. Il mit sa veste un instant sécher au soleil.

Il tordit durement les plis de sa culotte pour en extraire l'eau. Il faisait si chaud que tout son corps fumait sous l'ardeur de la température.

Quand il fut séché et qu'il eut changé les

cartouches de son révolver, il voulut s'aventurer dans l'intérieur de l'oasis. Auparavant il monta sur un jujubier pour examiner la configuration du pays. Il vit que l'eau n'entourait pas toute l'oasis, mais elle s'étendait à plusieurs lieues comme un bras de mer. Il vit des jardins bien cultivés et quelques indigènes qui se reposaient aux pieds des arbres dans les champs.

Des amas de huttes construites avec de la terre pétrie et mélangée à des troncs d'arbres, étaient protégées d'un côté par les eaux du lac et de l'autre par un fossé rempli d'une eau croupissante. Sur le rebord du fossé il y a une muraille de fumier qui sert de rempart à l'oasis contre l'invasion. Cette enceinte de boue le long de ce paradis terrestre fait une ceinture affreuse autour d'une nature si belle.

Au bout du douar, sur le bord de l'eau, un rocher forme la côte. Sur cette colline une construction carrée, sanguinaire, a l'air d'une forteresse et d'un bagne.

Cornaillou de son poste d'observation, considérait ce vaste et elle te pays de l'Orient. En regardant le soleil se coucher radieux derrière les sables blancs du désert il pensait à sa

Hiamina. Il regardait au large s'il ne la verrait pas venir, comme si un pressentiment lui frappait le cœur. Il respirait un air mélangé d'une vapeur d'eau de rose et de lilas qu'apportait la brise marine imprégnée de la senteur suave de la nature en fleur.

Cornaillou descendit de son arbre et se dirigea vers le douar. Il se présenta devant un gourbis et cria au milieu des aboiements des chiens qui le menaçaient de leurs dents.

— Holà ! les gens de la tente ! je vous demande l'hospitalité au nom de Dieu.

Un arabe sortit de son gourbis et voyant Cornaillou qui répéta sa demande, il fit taire les chiens et dit :

— Puisque vous êtes l'envoyé de Dieu, soyez le bienvenu.

Il le fit entrer en disant à ses gens :

— Voici l'invité de Dieu ?

Cornaillou dit en entrant :

— Que Dieu soit avec vous.

Au dedans on l'accueillit avec déférence en lui souhaitant la bienvenue. On lui fit place au foyer. Aussitôt une négresse vint étendre un tapis sous ses pieds et lui présenta, comme dans une apparition fantastique, une pipe dont la fumée bleuâtre et odorante le faisait rêver. La femme du logis, aidée par la négresse, préparait la nourriture pour le repas du soir.

Autour du foyer, un petit enfant jouait avec une petite fille aux yeux bleus profonds. Sa chevelure bouclée faisait songer aux nuages. Ses yeux bleus faisaient songer au ciel. Son air candide faisait penser aux anges. Ces deux enfants qui avaient cessé de jouer en voyant entrer Cornaillou, considéraient avec envie les luisants parements brodés d'or de son habit. Et Cornaillou, en voyant jouer ces deux enfants, pensa à sa Hiamina et à son Mohamed.

Le maître de la tente vint s'asseoir auprès de Cornaillou et il demanda.

— D'où venez-vous ?

— Je viens du pays des égarés, répondit le nouvel hôte.

— Où allez-vous ?

— Au ciel.

— Par quel chemin ?

— Par le chemin de l'infini.

Au ton mystique de ces réponses, ce fut au tour de Boucaba de rêver. L'inquiétude plissa son front.

Boucaba pensa que c'était un espion. Il comprima sa curiosité par un instant de silence.

Cornaillou, en présence de cette famille joyeuse, dévorait les affreux souvenirs de sa lointaine Hiamina et de son fils perdu.

Quand le repas fut prêt, on mangea. Chacun avait sa part sur une écaille de palmier. On mangeait une nourriture que Cornaillou ne put pas définir. Cela servait de boire et de manger. C'était un hâchis de viande dans un punch de sauce.

Ils mangèrent lentement parce qu'on se servait d'une fourchette de bois et longtemps parce qu'on mangeait lentement.

La nuit arrivait. Et dès que le soir vient au désert, la fraîcheur tombe glaciale. Cornaillou avait les frissons. On lui marqua sa natte pour coucher et on lui donna sa couverture. Il faut bien que l'arabe soit très-hospitalier, puisque chez lui il n'y a pas d'auberges. C'est un devoir sacré pour lui d'héberger tous ceux qui lui demandent l'hospitalité. C'est pour lui une vertu obligatoire. Il a ainsi l'occasion d'acquérir la sagesse et de se faire bénir : car l'hôte en entrant lui apporte la bénédiction, dit-il. En sortant, il emporte les péchés.

L'avarice est un arbre dont les racines sont plantées en enfer et dont les fruits mûrissent sur la terre et dessèchent le cœur de l'homme qui les cueille. Le pauvre, s'il est généreux, a la richesse du cœur, a dit le prophète.

Leur religion leur enseigne que la main qui donne touche la main de Dieu. L'aumône éteint le péché comme l'eau éteint la flamme. Elle bouche la porte du mal et ouvre la porte du paradis. Le cœur généreux passera pieds-nus sans se blesser sur le pont tranchant comme un sabre qui aboutit à l'autre monde, parce qu'un ange lui donnera la main comme lui-même l'a tendue à ceux qui avaient besoin.

Chez les arabes, dès qu'un hôte se présente au nom de Dieu, on s'empresse de lui offrir à manger et à boire. On tue aussitôt une poule,

un mouton ou un bœuf selon l'importance du
personnage ou selon la richesse du maître de la
tente. Cette royale réception est un sacrifice en
l'honneur de l'hôte que Dieu leur envoie. Le
reste est pour les pauvres. Ce sont les provisions
de l'amour de Dieu.

———

# CHAPITRE XIX

Hiamina après avoir retrouvé son fils s'était enfuie de cette montagne de Kueâa pour échapper au massacre de son père.

Prenant Mohamet par la main sans tarder ils étaient venus jusqu'au bord de ces grands rochers en précipices qui muraillent le pays de Kuélâa. Sans faiblir en contemplant l'escarpement de ces profondeurs, elle prit Mohamed sur ses épaules et courageuse comme une tigresse elle descendit à reculons, s'appuyant sur les mains autant que sur les pieds. Elle descendit comme par une échelle, mettant tour à tour le pied et la main sur des saillies de rochers coupants.

Elle s'ensanglanta les doigts et se déchira les

genoux à la descente de son calvaire avec son fardeau sur les épaules.

Quand elle fut en bas dans la vallée, elle caressa son petit Mohamed et se délassa de ses peines en l'embrassant comme si elle buvait des forces à chacun de ses baisers. Quoique malheureuse, abandonnée comme Agar, sans même avoir la cruche d'eau pour se rafraîchir, Hiamina n'était pas dans le découragement. Elle disait à son fils :

— Mon enfant, nous allons à la recherche de ton père. Lui est un brave. Il nous défendra. Puisse Mahomet te donner un cœur égal au sien, et je ne serais pas malheureuse même à l'abandon au milieu du désert.

— Mère, je serai vaillant pour te défendre comme pour t'aimer.

— Eh ! bien, partons sans crainte. Eloignons-nous d'ici.

Quoique jeune, Mohamed était robuste. Il était déjà fort et solide pour résister aux fatigues des chaleurs et des voyages.

Tous les deux descendirent vers le désert. Ils passèrent par des collines escarpées, par des ravins raides et marchèrent une bonne partie du jour. Ils s'arrêtèrent trois fois pour boire à des sources d'eau qu'ils rencontrèrent sur leur passage. Ils n'avaient rien pour manger. Epuisés de faim et de fatigues, ils cherchaient des arbres à fruit. Ils trouvèrent un petit bois d'arbousiers. Ce fut une terre de Chanaan pour eux.

Les arbousiers portaient des mitrailles de fruits rouges semblables à des fraises. L'arbouse a une saveur aigrelette et suave. On la cueille sur un arbuste dont la feuille ressemble à celle du cerisier.

Ils s'en rassassièrent en se reposant et s'en firent une grosse provision avant de partir.

Ils ne savaient pas où ils allaient. Ils voulaient arriver quelque part pour s'orienter mais ils ne trouvaient rien qui put guider leur fuite.

Ils marchèrent le reste de la journée, ne s'arrêtant que pour boire un peu d'eau dans le creux de la main quand ils trouvaient des sources. Vers le soir ils rencontrèrent deux Touareugs. Ces deux hommes au visage barbare, à l'air féroce, les abordèrent et sans les questionner s'emparèrent de Hiamina et de Mohamed. Mohamed essaya bien de résister, mais les deux Touareugs qui étaient vigoureux, les attachèrent par

une main avec des cordes d'alpha et les emme-
nèrent avec eux dans un vallon caché entre
deux montagnes qui s'étendent jusqu'au désert.

Quelques jours après Hiamina et Mohamed
furent vendus à une caravane qui trafiquait avec
les Touareugs. Cette caravane les emporta dans
le Sahara.

Au bout de quelque temps ils arrivèrent dans
une oasis où l'on adorait les crocodiles. On les
nourrissait avec des hommes et des femmes
qu'on achetait et qu'on descendait dans une
fosse profonde et vaste où les crocodiles
venaient dévorer les victimes humaines qu'on
leur jetait.

Cette fosse était une espèce d'écurie souterraine
ayant un canal de sortie pour les crocodiles et
un trou d'entrée au dessus comme une ouverture de puits. C'était par là qu'on descendait
les victimes destinées à faire la pâture de ces
Dieux féroces. On sacrifiait des êtres humains
pour apaiser la méchanceté de ces redoutables
bêtes.

Cette affreuse tanière, souvent était vide. Le
jour les crocodiles allaient errer sur le littoral
d'un lac qui s'étend comme un bras de mer. Ils

s'y baignaient. Ils rentraient en procession le soir dans leur temple semblable à une écurie. On les voyait accourir comme des troupeaux.

Dans cette région du désert il y a plusieurs oasis voisines où partout on vénère les crocodiles comme autrefois en Egypte. Celle où Hiamina était s'appelait Mouw.

Hiamina et son fils Mohamed furent destinés à être jetés dans ce souterrain pour servir de pâtures aux dieux cruels des habitants de cette oasis.

Au moment où on les descendait par le trou du couloir, les gens du douar accouraient en foule sur l'orifice pour écouter les cris d'épouvante des malheureux qu'ils immolaient. Ils venaient entendre comment meurt une victime. Ils jouissaient de ces râles horribles des mourants mordus par vingts mâchoires qui leur arrachaient le corps par morceaux.

Le jour où l'on descendit par une corde Hiamina et son fils, les habitants de l'oasis ne purent jouir tout de suite de la scène effroyable de l'écartelement. La tanière était vide.

Les Dieux étaient à la promenade. Il fallait

attendre leur retour pour les entendre festoyer avec leur repas du soir.

En se trouvant tout-à-coup dans ce souterrain froid, puant et ténébreux, les deux victimes se sentirent saisis par les yeux, par la gorge et par tous les membres. Ils s'étreignirent plus fortement l'un contre dans l'autre comme pour se soutenir et se défendre l'un l'autre contre l'inconnu.

Ils criaient d'horreur, mais le souterrain était vide et taciturne pour l'instant.

# CHAPITRE XX

Cornaillou qui s'était réfugié dans la tente d'un homme ombrageux et défiant, avait dormi tranquillement toute la nuit sous le regard d'un serpent. Boucaba dès le matin était sorti et était allé annoncer aux gens de l'oasis qu'il avait donné l'hospitalité à un étranger suspect. L'hospitalité étant une chose sacrée et sainte, l'arabe du désert respecte toujours son hôte. Une fois sorti de cet asile d'un jour, l'hôte peut être attaqué, mais jamais dans une tente.

Le lendemain, en prenant congé de Boucaba, Cornaillou fut assailli par tous les chiens de l'oasis et poursuivi par une foule d'arabes qui l'accablaient d'injures. Les chiens aboyaient, l'entouraient, essayaient de le mordre.

— Tu es si méprisable que même nos chiens te repoussent, criaient les arabes.

Cornaillou fuyait, mais des hommes sortaient de toutes parts et le cernaient. La foule grossissait à grand train. Cette fois Cornaillou était acculé à sa dernière heure. Il n'y avait plus moyen d'éviter la mort. Il avait beau regarder autour de lui, aucune providence ne venait à son secours. Il essaya de tirer des coups de revolver. La batterie et les cartouches avaient été mouillées et la gachette rouillée ne glissait plus.

Cornaillou allait être pris. Le cercle d'hommes et de chiens se rapprochait. Les clameurs redoublaient.

Il avisa un gros arbre où il allait s'acculer pour se défendre un instant. Tout à coup il changea d'idée. Il embrassa l'arbre et se mit à lui grimper dessus. En quelques suprêmes efforts, il parvint à se mettre hors de l'atteinte des arabes qui avaient couru avec fureur sur lui pour l'empêcher de monter. C'était trop tard. Il était en haut et momentanément sauvé.

La guerre des arabes alors commença avec
l'arbre.

Arrivé en haut, Cornaillou avait aussitôt cassé
une forte branche pour s'en faire un redoutable
bâton.

Plusieurs arabes avaient essayé de grimper sur
l'arbre pour y arracher Cornaillou, mais celui-ci
les assommait à mesure qu'ils étaient à portée
de ses coups. Autant il en montait, autant il en
dégringolait.

En bas les arabes attroupés rugissaient de
colère. Les uns, les autres criaient.

— Le voilà ce lâche qui s'enfuit sur les branches
d'arbres comme les singes.

— Tu ne nous échapperas pas, lors même
que tu aurais des ailes.

Plusieurs arabes entourèrent l'arbre de leurs
bras et essayèrent de le secouer fortement pour
faire tomber Cornaillou. Cornaillou n'avait pas
besoin de cela pour trembler. Il frémissait
autant de vertige que de rage. Seul contre
cette foule enragée qui assiégeait sa potence, il
s'imaginait le moyen de leur échapper quand des

arabes arrivèrent avec des haches et des cognées et entamèrent à tour de bras les pieds de l'arbre.

On le coupait à grands coups.

La lutte allait finir tragiquement.

Cornaillou allait forcément capituler ou s'assommer. Déjà la foule levait mille mains en l'air pour recevoir Cornaillou dans sa chûte. La chûte ne se fit pas attendre. Déjà l'arbre craquait et penchait. Cornaillou baissait d'un cran vers les mains tendues de ses ennemis. Plutôt que de se laisser tomber avec l'arbre et de risquer d'être écrasé, Cornaillou préféra se précipiter au milieu du danger. Il se jeta en bas à corps perdu et sauta sur un groupe de gens qui le reçurent dans leur bras levés. Ce fut comme un butin auquel tout le monde veut arracher un morceau. Il y eut une grande clameur en même temps qu'il tomba. On se bousculait [pour l'approcher et lui donner des coups.

On le transporta ainsi comme un trophée autour du douar. Les femmes sortaient pour l'insulter. Cornaillou suait.

On le porta ensuite sur un rocher.

Là , s'élevait une maison affreuse dont le bas
était noyé par les eaux du lac. Les murailles
noircies étaient traversées en dehors par de
longues pièces de bois. Au bout de ces poutres
pendait une cage en verges. De cette cage qui se
balançait comme un encensoir , au lieu d'encens
il s'en exhalait une puanteur atroce. Une tête de
mort s'y desséchait lentement. Les cheveux
passaient par franges entre le treillage. Le sang
figé dégouttait de ces cheveux et tombait lentement sur le sol. Les yeux glauques, la bouche
entr'ouverte et les dents desserrées , donnaient à
cette dépouille une forme fangeuse.

Des chiens venaient de temps à autre lécher
les gouttes de sang tombé, levaient ensuite le nez
en l'air et flairaient avec convoitise la cage qui
tournait au vent.

Le long du mur quelques carcasses repoussées
par les pieds des passants avaient été rongées à
fond.

Des museaux voraces les avaient déchiquetés
et avaient fouillé dans ce charnier. Les os des
morts avaient été broyés par de fortes mâchoires.

Aux quatre coins de cette prison abominable,

de longs bras de bois sortant du mur avec des têtes à la main avaient un aspect tragique et donnaient à cette construction une tournure de potence.

Les gens qui apportaient Cornaillou montèrent l'escalier de cette prison tandis que la foule grouillante applaudissait d'en bas. On montait quatre marches en pierre pour arriver à la porte-basse peinte en rouge. Elle donnait entrée dans une cour entourée de hauts murs. Au centre, se trouvait un poteau de fer planté au milieu d'une immense mare de boue. Une douzaine de misérables sanglants, nus, décharnés, à la face rétrécie et livide, étaient attachés par un pied à une chaîne de tourniquet.

Ces pauvres gens embourbés dans ce cloaque, étaient obligés de tourner comme des bêtes de somme. Ils pataugeaient tout le jour dans ce cloaque.

Le geolier de ce bagne était un grand gaillard sec et laid. Ses yeux noirs étaient farouches. Les fentes de sa bouche étaient éraillées. Ses narines élargies ronflaient. Ses bras étaient longs et ses jambes nues étaient osseuses. Il avait une ceinture large comme une sous-ventrière de

10

mulet, à laquelle pendait d'un côté un sabre à
deux tranchants et de l'autre un fouet à plusieurs
lanières ferrées de pointes d'acier. Ses mains
avaient du sang. On voyait par là qu'il n'était
pas seulement le geôlier de ces misérables,
mais qu'il en était encore le bourreau.

Quand on lui apporta Cornaillou, il le saisit
par le cou et lui passa la tête dans un anneau
du tourniquet et le mit croupir dans la mare
avec les autres condamnés. Si les autres condamnés marchaient, Cornaillou était obligé de
marcher. Il était attaché à l'abattoir.

Le froid du cloaque où il plongea ses jambes
le glaça et lui donna un frisson qui lui secoua
plusieurs fois tout le corps.

Cette fois il était attelé au joug du supplice.
Il avait la chaîne au cou. Il était obligé de
tourner autour d'un poteau comme s'il tournait
une meule.

Ce fut alors que la caserne de Bône, sa
Hiamina, les deux gendarmes qu'il avait tué,
la tribu de Kuclàa, son enfant Mohamed trot-
tèrent dans son imagination. Ses moments de
bonheur et ses instants de crise défilaient pêle-
mêle dans son souvenir.

Jusqu'ici il avait évité la mort. Maintenant la mort le tenait. Depuis sa vie aventureuse, il avait toujours marché dans les dangers. Son effort de tous les jours n'avait été fait que pour sortir des périls où il replongeait toujours. Plus il s'était enfui, moins il était sauvé.

# CHAPITRE XXI

Le lendemain on vint prendre Cornaillou pour le mener au supplice. La foule curieuse trépignait au dehors tandis que, au dedans du préau, le geolier attachait les mains du patient avec une mauvaise corde d'alfa et le hissait par une échelle à l'angle du mur de ce bagne.

Cornaillou arrivé au sommet du mur se tint debout et considéra d'un côté la foule tumultueuse qui poussa d'effroyables clameurs et de l'autre côté de l'angle, il vit sous ses pieds une grosse poutre qui sortait du mur comme un pont rompu qui allait lui servir de potence.

Il était là au bout de la vie.

Dessous les eaux du lac venaient noyer la forteresse. Il remarqua à la surface des eaux comme des troncs d'arbres flottants. Cela remuait et brassait l'onde tranquille. Au mouvement des eaux fouettées comme avec des battoirs, il était facile de s'apercevoir que ces troncs d'arbres flottants n'étaient que de monstrueuses bêtes marines.

Ces animaux n'étaient pas des baleines. Et Cornaillou non plus n'était pas Jonas pour pouvoir aller s'encoffrer dans leur ventre.

Ce lac immense semblable à une petite mer était l'immense baignoire d'une multitude de crocodiles. Ils étaient tous là, hideux, béants comme conviés à une fête qui devait les régaler d'un festin.

Le crocodile a l'occiput garni de tubercules calleux comme une vieille écorce de noyer. Du cou jusque sur le dos une vingtaine de segments s'étendent et forment des arêtes carrées. Les flancs sont garnis d'écailles. La queue un peu aplatie sur la ligne du dos a une longueur égale à celle du corps. Elle est dentelée d'écailles triangulaires qui la font paraître comme garnie de crêtes en scie.

Ses mâchoires énormes sont armées de dents tranchantes. Ses pattes sont armées de griffes redoutables. Des écailles épaisses forment des plaques qui blindent son corps.

La voracité de ce reptile est extraordinaire. Sa force est prodigieuse. Sa férocité est épouvantable.

Cet animal amphibie en moyenne a quatre mètres de long. La couleur du corps est cendrée et marquée de plusieurs bandes transversales d'un gris-brun-verdâtre : ce qui le fait ressembler à une écorce fortement striée. En flottant au-dessus de l'eau il n'y a que la partie supérieure de la tête et une partie du dos qui parait à découvert. Tout le reste de l'animal est noyé de façon qu'en le voyant dans l'eau on le prendrait volontiers pour un tronc d'arbre flottant.

Cet animal redoutable broie un homme d'un coup de dent. Malgré cette force prodigieuse il est lâche et timide. Quand il se sent poursuivi, il fuit. Plutarque affirme qu'il peut être apprivoisé. On peut le croire sinon il ne serait pas lâche.

Cornaillou vit dans tous ces mouvements

sinistres des flots de la foule et des flots du lac comme un tremblement de terre. Une hallucination nébuleuse passa dans son esprit et lui fit voir trouble.

En ce moment le bourreau monté sur le mur le saisissait par les épaules pour le pousser sur la poutre. Rappelé à lui-même par ce maniement féroce, Cornaillou voulant réagir contre cette poussée en avant qui était son dernier pas dans la vie en même temps que sa culbute dans la mort, lança en arrière un vigoureux coup de pied. Le bourreau atteint sur le ventre perdit le souffle et l'équilibre et bascula à la renverse dans le préau de la prison. Cornaillou se dégageant les mains par un violent effort, sauta en avant dans le lac pendant que la foule d'en bas poussait mille cris en voyant d'un côté disparaître le bourreau et de l'autre s'évader le condamné.

Le bourreau prenait la mort au lieu de la donner.

En plongeant dans le lac Cornaillou avait avisé un de ces troncs d'arbres flottants qui étaient des crocodiles et tomba à cheval dessus. Le crocodile épouvanté sous le choc de cette chûte se mit à fuir avec une vitesse effrénée,

emportant Cornaillou courbé et cramponné sur
son dos. Le crocodile filait comme une barque
poussée par la tempête, laissant derrière lui un
sillage semblable à une rivière.

Ces crocodiles étaient les Dieux de cette
région. Des prêtres étaient chargés de les
nourrir et d'entretenir leur temple.

A force d'être entourés d'adorateurs et choyés
par les prêtres pendant les cérémonies religieuses,
ces crocodiles semblaient avoir perdu un peu de
leur férocité. Ces animaux sacrés vivaient le jour
dans ce lac et le soir ils rentraient dans leurs
temples. Les habitants les comblaient d'adora-
tions. Quoique révérés ainsi, gorgés de tout à
satiété, ces crocodiles faisaient de grands
ravages en ces oasis. De leurs adorateurs ils en
avaient fait un peuple d'estropiés. Le culte de
ces reptiles avait valu aux uns le bras, à
d'autres la main, à d'autres une jambe qui
avaient été mordus et emportés par la gueule de
ces Dieux féroces ; et la famille de ces malheureux se réjouissait, était honorée d'avoir
un parent marqué par la morsure de ces
effroyables bêtes.

Le crocodile sur lequel Cornaillou était

cramponné avait les opercules percées et on lui
avait mis des boucles aux oreilles. Cornaillou
saisit ces deux anneaux, des deux mains, comme
des ancres de salut. Ses doigts crispés le tenaient
solidement amarré sur cette croupe rasant la
surface du lac.

Au loin la foule turbulente le poursuivait de
ses clameurs courroucées. Voir leur Dieu être
pris pour faire un métier de cheval, leur paraissait le plus impie des sacriléges.

Cornaillou qui avait presque perdu l'esprit se
tenait bon sur cette bête éperdue. Affolée par
cette charge, elle fuyait pour échapper à l'étreinte
de cet extraordinaire cavalier qui la serrait
désespérément. Sa queue furieuse fouettait les
eaux.

Cinglé et aveuglé par les flots qui lui fouail-
laient le visage, Cornaillou se croyait emporté
par une bête de l'apocalypse. Il n'y voyait plus.
Il n'entendait plus. Son esprit était barbouillé
de trouble. Il sentait seulement quelque chose
de formidable sur lequel ses mains se crispaient
avec frénésie pour tenir bon et que ses jambes
enlaçaient avec toute l'énergie de son corps.

Semblable à un Triton déchaîné et furieux, le

crocodile faisait de sa course une tempête d'éclaboussements.

Cornaillou se tenait toujours bon et ouvrait de grands yeux fixes. Son regard devenait extraordinaire. Tenant frénétiquement le monstre par les oreillettes, il le guidait, le dirigeait comme avec les rênes d'un bridon, l'étreignait de ses deux genoux, le serrait de ses talons pour aiguillonner la furie de la course.

Ses cheveux noirs se hérissaient au-dessus de sa figure fouettée par les flots écumants sous le vent. C'était comme un tourbillon galopant dans une tempête.

Sur cette croupe volante Cornaillou avait la crânerie du désespoir. La bête haletante ronflait.

Longtemps cette course vertigineuse dura.

A force d'aller ainsi, Cornaillou put reprendre ses esprits et voir qu'il voyageait à fleur d'eau sur un navire vivant. Ce cheval marin courait de plus fort en plus vite. Bientôt il ne fut plus qu'un point mouvant dans l'espace aux yeux de la foule extasiée.

Quand le crocodile arriva bien loin, il fit un brusque contour pour essayer de se débarrasser

de sa charge en la faisant chavirer. Mais toujours
le cavalier le tenait sous son âpre étreinte.

Le crocodile essoufflé se dirigeait vers le rivage
sans ralentir sa vitesse toujours effrénée. Bientôt
il bondit sur le sable du désert et toujours sa
charge collée sur son dos ne le quittait pas.

Cornaillou voyait à l'horizon un groupe de
tentes et d'arbres. Le crocodile se dirigeait et
courait droit vers ce douar.

A mesure qu'il se rapprochait de l'oasis
Cornaillou distinguait un trou noir comme une
ouverture de souterrain à l'entrée du village.

Ce crocodile était le dieu de cette oasis où
l'on adorait les crocodiles. Cornaillou arrivait
dans l'oasis. Un spectacle effrayant l'attendait.

Le crocodile effarouché se réfugiait dans son
temple au fond du uel gémissait Hiamina et son
fils. Une lamentable fatalité allait choquer ces
deux êtres, Hiamina et Cornaillou, par une
rencontre épouvantable. Eux qui s'étaient quittés
sur une montagne allaient se retrouver sous
terre. Cette famille commencée dans le crime
allait disparaître en pâture aux bêtes féroces.

Au moment où le crocodile franchit l'entrée
noire de cette écurie, Hiamina voyant briller

deux yeux de démons hurla d'un cri aigu. La voix de son fils Móhamet se mêla affreusement à la sienne.

— Au secours, mon Dieu, sauvez-nous.

Au bruit de ces voix humaines Cornaillou fut transi. Ces voix lui étaient connues et réveillèrent son esprit par un sursaut électrique.

— Qui êtes-vous? cria-t-il.

Ce fut au tour de Hiamina de tressaillir et de crier.

— Je suis Hiamina et Mohamed. Sauve-nous, Cornaillou.

A cette rencontre épouvantable les esprits de Hiamina, de Cornaillou et de Mohamed furent illuminés comme par une avalanche de tonnerres.

Hiamina avait reconnu son mari à la voix. Cornaillou à ces mots avait reconnu sa femme et son fils. Il se pencha en avant en serrant fortement sa bête avec les jambes. Ayant saisi son révolver d'une main il en frappait à coups furieux avec la crosse le crocodile sur l'œil pour le détourner de Hiamina en hurlant à se faire sauter les poumons :

— Mettez-vous en croupe derrière moi. Ah!

Hiamina de mon cœur. Oh! Mohamed de mon
âme. Viens vite Hiamina, viens Mohamed.

Aux deux reverbérations ternes du jour, qui
se croisaient dans les ténèbres en venant des
deux ouvertures du souterrain, Hiamina vit ce
sombre cavalier infernal, put lui jeter son enfant
dans les bras et elle s'accrocher derrière Cornaillou qui tâchait avec de frénétiques efforts de
maitriser des mains et des pieds sa bête essoufflée sous sa lourde charge. L'horrible bête se
trainait, elle ne marchait plus. Elle n'était pas
écrasée, mais elle s'affaissait sous son fardeau.

Ces trois êtres humains ramassés ensemble,
se tenaient comme une grappe sur cet hippo-
griffe étrange. Malgré sa force terrible, il ne
pouvait plus faire de sauts pour les jeter à
terre.

Râlant sous sa charge, l'énorme bête ressortit
de son temple en se trainant. Elle sentait
qu'elle était tenue. Elle ne pouvait se ployer en
deux pour mordre. Elle faisait des efforts désespérés avec sa queue qui balayait et jetait en
l'air des tourbillons de sable.

Les gens de la tribu attirés par les cris perçants
de Hiamina et de Mohamed étaient accourus

sur le bord de l'orifice de la caverne pour assister
aux émotions de la lutte du repas infernal des
crocodiles. Ils virent avec effroi cette miracu-
euse sortie du dieu portant ses victimes sur son
dos. Leur dieu était devenu une bête de somme.

La stupéfaction fut grande.

Le crocodile s'avançait pesamment au milieu
du douar. Son passage lourd creusait un sillon
dans le sable. En le voyant venir ainsi, semblable à une charrue meurtrière, tout le
monde courut se cacher. On fermait les portes
des huttes. On barricadait vite l'entrée des
tentes. Ce fut une panique générale.

Semblable à un cyclope, Cornaillou toujours
serrant fortement les genoux pour s'immobiliser
à cheval, frappait à coups redoublés sur la tête
du crocodile comme sur une enclume. Déjà il
lui avait crevé un œil. Maintenant il tapait à
tour de bras pour enfoncer l'autre. C'était le
seul moyen d'assommer le monstre qui l'avait
sauvé. Il voulait tuer son sauveur afin qu'à son
tour celui-ci ne dévorât pas son bienfait comme
Saturne qui dévora ses enfants.

Cornaillou arriva au but de ses efforts. Il
parvint à assommer le crocodile déjà éreinté

par ses courses et ses mouvements désespérés.

Pendant toute la journée, personne n'osa sortir de la tribu tant on avait été effrayé par cette lutte gigantesque d'un homme et d'un dieu.

Le soir on trouva le dieu terrassé, raide et mort.

# CHAPITRE XXII

Vers la même époque les astronomes de l'oasis de Mouda avaient vu tomber une étoile. A leurs avis les étoiles sont les lanternes lointaines des esprits voyageurs. Or il arriva qu'un beau jour ils virent tomber du ciel, par un temps serein une prodigieuse vessie au milieu de laquelle flamboyait une flamme. La flamme s'éteignait à mesure qu'elle flottait au loin. Elle était enveloppée comme d'un voile transparent. Ce globe énorme avait longtemps vogué dans l'air. Maintenant il descendait sur eux.

Les savants de l'oasis se rassemblèrent et furent presque tous d'accords pour constater un phénomène inexplicable tant qu'ils ne l'auraient pas vu de près pour le toucher.

Bientôt cette lanterne volante tomba. Son feu était éteint. Au dessous pendait par des cordages une barque dans laquelle il y avait des sacs. On les ouvrit. Ils contenaient de la terre.

Ils jugèrent par là qu'il y avait de la terre dans le ciel, et que cette voiture aérienne était une étoile dégonflée et éteinte. Ils suspendirent les dépouilles merveilleuses de cette étoile à un palmier qui se trouvait sur la place du marché et tous les jours ils venaient discourir sur les probabilités de leurs théories.

Cornaillou délivré du crocodile chercha un refuge. L'endroit était désert par suite de la panique générale. Il trouva cette énorme vessie au bas de laquelle se balançait une barque en osier. Cornaillou aussitôt reconnut un ballon.

A cette époque on avait lancé un grand ballon à Alger à l'occasion de la fête du quinze août. Ce ballon bien conditionné et bien lesté avait été poussé par le vent sur le Sahara. Quelques jours plus tard après avoir bien flotté à la folie de tous les simouns il avait fini par perdre son gaz et il était tombé près de cet oasis.

Cornaillou en découvrant ce ballon dégonflé crut trouver l'Amérique. C'était pour lui le salut. Profitant de la solitude dans laquelle il était, il le détacha et l'examina en tout sens. Il trouva un bloc de résine dans le pannier, il l'alluma et fit bon feu pour chauffer l'intérieur de son ballon qui se regonfla. Quand l'air chaud eut un peu fait dilater les parois de l'étoffe et put le tenir élevé d'aplomb lui, le fixa en terre avec une amarre, grâce à l'aide de sa femme et de son fils.

Le ballon fut bientôt chauffé. Cornaillou fit alors monter son fils et sa femme dans la nacelle et y entra aussi.

Ensuite il coupa l'amarre.

Le ballon s'éleva rapidement en l'air à une petite hauteur et fut poussé par un vent léger.

Cornaillou avait eu la précaution d'emporter des provisions de fruits et un sac de terre pour délester le ballon.

Le vent fut mauvais conducteur. Il se comportait comme s'il ne connaissait pas la géographie. Tantôt à droite, tantôt à gauche, il les guidait comme un aveugle.

Le ballon pirouettait comme s'il faisait l'exercice dans un champ de manœuvre.

Le vent tournait et le ballon changeait de direction.

Cornaillou était perplexe. Son fils avait froid. Sa femme grelottait. La fraîcheur du grand air, l'immensité vide dans laquelle il se trouvaient suspendus les consternaient.

Cornaillou qui avait de l'audace pour toutes les entreprises risquées voguait avec confiance dans ce voyage d'aventures.

— J'ai peur, disait Hiamina.

— Sois sans crainte. Tu sais que tu es avec moi et que je ne t'ai jamais abandonnée.

Hamina reprenait courage. Cramponnée au panier d'osier qui leur servait de nacelle, elle était immobile et résignée. Son fils se serrait à son côté comme pour se réchauffer dans ce mutuel rapprochement. Seul Cornaillou regardait par dessus le bord de la nacelle comme un pilote qui épie le large immense et livide.

Vers le soir on ne s'était pas encore éloigné du désert Le vent avait tourné comme dans un manège.

Les gens de la tribu qui sortirent de leurs tentes furent mystifiés de voir les victimes disparues et lé dieu crocodile-mort. Il était gisant sur le sable.

Ils se prosternèrent en levant les yeux en l'air pour prier les dieux qui leur restaient. Ils furent émerveillés d'apercevoir flotter leur étoile volante dans la nue. Une flamme rougeàtre éclairait sinistrement les parois de cette lanterne magique. Des buées de lueurs rougeoyaient l'air et semblaient cracher une auréole de lumière couleur de feu.

La nuit tomba et l'embrasement d'une région du ciel apparut éclaboussante.

Puis cette flamme voilée se mit à courir sous la poussée du siroco. Cette fois le souffle de l'air agissait sous un autre courant.

Ce n'était plus cette flottaison indécise. Le ballon filait droit et avec rapidité.

Bientôt il disparut aux yeux des gens de la tribu et s'enfonça dans le lointain aérien comme un point d'exclamation.

Toute la nuit le ballon vogua à l'aventure.

Hiamina donnait des signes d'inquiétude. Elle avait froid. Elle était accroupie dans une attitude d'épouvante. Ce vol dans les profondeurs de l'air faisait passer dans son imagination des frissons terribles et des vertiges d'admiration pour Cornaillou qu'elle prenait pour un être surnaturel. Il fallait avoir le tempérament d'un dieu pour mener ainsi à travers le vide une barque qui les conduisait au ciel. Elle n'osait pas remuer de crainte de faire perdre l'équilibre à la nacelle. Elle n'osait pas parler de crainte de troubler l'esprit de Cornaillou. Et le ballon tournoyait tantôt d'une façon étourdissante, tantôt s'évadait en filant comme une bombe.

Mohamed qui ne comprenait rien à ce voyage, se cognait auprès de sa mère. Il était silencieux. Il essayait de dormir, accablé autant de fatigue que de faim. Les provisions n'étaient pas lourdes et consistaient en un panier de dattes que Cornaillou avait trouvé dans un jardin.

L'enfant et la mère étaient mornes.

Seul Cornaillou était confiant. Il regardait d'un œil enflammé le lointain pour y découvrir un horizon. Et il ne voyait toujours que la région du firmament s'étendre sans limites. Pourtant comme pilote, il avait foi dans une étoile, car il n'aurait pu comprendre comment parmi tant d'étoiles il n'y en aurait pas une pour lui.

11.

C'était le deuxième voyage qu'il faisait dans les nues.

Le simoun soufflait avec violence et levait devant lui des tempêtes. Le désert était en convulsions. Des tourbillons de sable se tordaient avec un mugissement effroyable.

L'air était enfumé par cette vaporisation du désert que le souffle du vent dissolvait en nuage de poussière. C'était comme des gouffres qui se mouvaient fantastiquement avec un bruit de roue infernale.

Une seule fois Hiamina hasarda de demander :

— Où sommes-nous ?

— En liberté, répondit Cornaillou.

— Où allons-nous ?

— Du côté des montagnes.

Les montagnes étaient encore des souvenirs de tribulations pour Hiamina. Elle se tut.

Le ballon menaçait de verser. Il filait par quinte, chavirait aux trois quarts, reprenait son vol. Tantôt il plongeait vers la terre, et ranimé par le feu que Cornaillou alimentait avec de la résine, le ballon s'élevait de nouveau dans les nues froides.

Le vide était autour d'eux. Il y avait des pro-

fondeurs partout. Ils étaient ballotés de l'immensité des cieux dans des gouffres de ténèbres.

A l'aube Cornaillou qui n'avait pas fermé
l'œil distingua un horizon emmêlé de brume.
Puis il put voir nettement des montagnes.

Le bon vent poussait le ballon vers ce port.
Comme l'arche de Noé il cherchait son mont
Ararath. Mais Cornaillou n'avait pas de boussole
pour lui servir de colombe. Le ballon flottait à
la volonté du vent comme Noé voguait à la
grâce de Dieu.

De l'autre côté des montagnes, Cornaillou
apercevait la vaste étendue de la mer.

— Nous sommes sauvés, cria-t-il dès le matin
à Hiamina qui se souleva transie de joie en
voyant se dérouler mille circuits de montagnes
sous ses yeux étonnés.

Une heure plus tard le ballon vint s'abattre
sur un pic des montagnes qui environnent
Bougie.

Le ballon s'était crevé en s'accrochant aux
branches d'un arbre. Cet accident avait sauvé
Cornaillou et sa famille. Le ballon avait échoué

sans choc. Sa chûte avait été comme le
ressac d'une balançoire qu'on amortit.

Cornaillou et sa famille délivrée sortirent de
leur nacelle aérienne, descendirent à Bougie,
où ils restèrent quelques jours.

# CHAPITRE XXIII

Après le combat, Messaoud ne quitta pas le plateau de Kueläa. Le chagrin d'avoir tué sa fille, lui était entré dans le cœur. Sa vie était semblable à ces rêves où l'on s'endort dans un palais de fées et où l'on se réveille tribulé dans une infecte caverne de serpents qui se roulent sur des ossements humains.

Autrefois, il était fier de sa fille, maintenant il en était honteux et triste. C'était sa gloire autrefois, maintenant c'était sa douleur. Messaoud rappelait avec orgueil la grâce de Hiamina.

— Elle était d'une beauté à rendre la lune jalouse et à faire pâlir les étoiles, disait-il. Ses narines dilatées semblaient aspirer le désert ses yeux brillants semblaient allumer le soleil et formaient une physionomie ardente. Et maintenant où tout a-t-il passé?

Messaoud avait séjourné quelques jours sur ce champ de carnage jusqu'à ce que la puanteur des cadavres et les troupeaux des hyènes et des chacals l'obligeassent à quitter ce pays désolé.

Après avoir bien pleuré sa Hiamina, tandis que ses goums pillaient et dévastaient la tribu conquise, Messaoud repartit avec sa troupe chargée de butins. Il revint habiter les bords de la Seybouse, près d'Hypône.

Dès lors sa tribu le vit morne et solitaire comme un cénobite. Il ne riait plus à sa femme. Il ne parlait plus à ses gens. En le voyant on devinait qu'il portait quelque chose de pénible sur son cœur.

Le remords c'est le grelot attaché à la conscience. Toujours Messaoud l'entendait tinter, à chaque pas de son existence, à chaque souffle de sa vie, effarouchant chaque pensée de son âme. Mais le temps vient à bout de tout parce qu'il est dur et qu'étant dur il amollit tout ce qu'il frappe. Les buissons qui en hiver montrent les épines, c'est-à-dire les dents de la méchanceté, au printemps montrent des fleurs et des feuilles c'est-à-dire la bonté : ce qui prouve que le temps améliore tout.

Mais Messaoud était comme les cèdres du Liban qui ne changent jamais de feuilles ni en hiver ni en été. Lui ne changeait pas plus d'idées que de vêtements ni pendant le froid ni pendant la chaleur, ni pour les voyages, ni pour les fêtes.

Il vivait avec les fleurs odorantes et ses pensées amères au milieu des chants des oiseaux volages et des cris de sa lourde conscience. Le parfum du printemps n'adoucissait pas l'amertume de sa vie.

Le soir il sortait rêver autour de sa maisonnette. Entourée de quelques figuiers rabougris elle semblait être la bergère de ce troupeau d'ombres et la gardienne de cette solitude.

Les étoiles scintillaient joyeusement dans l'azur déteint par le clair de lune.

La lune d'Afrique brille au ciel d'un éclat métallique qui donne aux collines dénudées où croissent quelques oliviers maigres, l'aspect d'une gigantesque orfèvrerie.

Messaoud cherchait dans ces millions de

regards des étoiles s'il n'y découvrirait pas les yeux de sa Hamina. Il écoutait si la brise du soir ne lui apportait pas la plainte qu'il croyait ouïr dans son cœur.

# CHAPITRE XXIV

Quelques jours plus tard Cornaillou, sa femme et leur fils partaient de Bougie pour Stora sur une barque de pêcheur. De Stora, ils prirent la route de Philippeville à Bône.

Des villages sont échelonnés par étape dans cette contrée charmante.

La famille de Cornaillou fit le chemin à pied et à petites étapes en vivant de mendicité. A St-Charles et à Jemmapes on leur donna assez de nourriture pour arriver dans la plaine des Karesas sans souffrir la faim.

Quand ces trois pèlerins furent arrivés au carrefour des quatre chemins qui avait été le champ de bataille de leurs exploits et le nœud de leur histoire, des souvenirs terribles les firent frissonner. Hiamina tremblante encore d'émotion sentit le besoin de prendre la main de Cornaillou pour se soutenir, et de l'embrasser pour reprendre du courage.

Leur fils Mohamed qui ne comprenait rien à cette émotion, regardait tour à tour son père et sa mère.

— C'est là, dit Cornaillou én montrant le Koubba à son enfant, c'est là qu'est le tombeau de Sidi-Mohamed. Et c'est dans ce tombeau qu'a été le berceau de notre amour. C'est là que Hiamina et moi avons élevé nos cœurs en jurant de nous aimer jusqu'à la mort et que ton grand père Messaoud a juré notre mort en jurant de nous poursuivre toute sa vie.

Mohamed exclama alors.

— Mais sur la montagne de Kuelâa j'en ai vu un Messaoud qui se disait mon père et qui m'a fait horreur parce qu'il me certifiait vous avoir tué. Il me montra son coutelas qu'il vous avait planté dans le ventre.

— Tu lui as parlé.

— Oui, il m'a tenu dans ses bras. C'est lui qui

m'a ramassé quand ma mère m'avait perdu
en m'emportant le soir de la bataille.

Cette fois ce fut au tour de Cornaillou de rêver. Un cauchemar lui passa dans l'esprit comme
un frisson. Il en trembla par tout le corps
comme d'une idée de dégoût. Il éprouva une
répulsion subite de penser qu'il allait s'humilier
devant son bourreau et de l'accepter pour son
beau-père. Pourtant pour faire le bonheur de
Hiamina et créer un avenir à son fils Mohamed,
il fallait cette réconciliation.

Il céda et chassa les méchantes pensées qui
lui piquaient l'esprit comme une volée de mous-
tiques acharnés.

Hiamina aussi réfléchissait à des choses péni-
bles.

Mohamed ne savait que penser de l'attitude
morne de son père et de sa mère.

Tous les trois en ce moment tournèrent le
carrefour désert et s'engagèrent sur la route de
Guelma, laissant à gauche Bône qui trône sur
son cap de rochers.

En s'en allant sur cette route solitaire où
de chaque côté des arbres courbent leurs branches éplorées Hiamina et Cornaillou étaient de

plus en plus en proie à mille souvenirs qui leur faisaient des effets électriques. Ils ne pouvaient s'empêcher de tressaillir à chaque coup d'œil nouveau qu'ils jetaient sur ce pays accidenté. On eut dit qu'à chaque pas ils heurtaient une pierre d'achoppement de leur destinée lugubre.

Cornaillou regardait au loin le promontoire de Bône semblable à un lion couché qui allonge ses pattes dans la mer. Cette vue lui faisait ressentir comme une oppression sur la poitrine.

Bône offre un aspect escarpé. Des groupes de maisons blanches ont l'air de grimper sur l'encolure de la colline pour ne pas se laisser noyer par la mer.

Bône est cette vieille ville d'Hyppone illustrée par le génie de St-Augustin et construite à l'embouchure de la Seybouse qui l'inondait souvent. Aussi la nouvelle Bône s'est mise les pieds au sec en se transportant sur un promontoire. La poitrine étalée au soleil, elle est assise dans son fauteuil de pierre, le dos appuyé contre une montagne et se baigne les pieds dans le port.

La royale Hyppone de jadis n'existe aujourd'hui qu'en ruines. Ce sont de vastes décombres

obscurs, des caves d'où la nuit ne sort jamais,
des murs chauves écroulés par le temps sur les
piliers de leurs voûtes comme des dépouilles sur
une tombe.

Ce sont des endroits mornes, tristes, silencieux
et percés de cavernes évasées en souterrain.

Les ruines ont l'air d'avoir la gueule ouverte
pour parler, mais le temps leur a étoupé la
bouche avec des touffes d'herbe.

Pauvre bourgade morte qui gît là comme une
vaisselle éclopée sous les pieds de la statue de
St-Augustin. Tout à côté, à cinquante pas de là,
il y a une Koubba de construction récente. Entre
cette vieille ruine chrétienne et cette nouvelle
chapelle mahométane, il y a deux mille ans
d'intervalle.

## CHAPITRE XXV.

Cornaillou s'engagea à gauche de la route à travers une haie d'épines, de cactus, d'aloès et ouvrit le chemin. Mohamed et Hiamina suivirent. Des monceaux de murailles écroulées, des monticules de pierres entassées, forment les entrailles de cette ville en débris. Mille excavations borgnes, ébauchées par les avalanches sortent des trous des cavernes aveugles. En entrant dans ces souterrains on entre dans des catacombes. Ces cavités qui ont été des chambres sont aujourd'hui des caves. Cornaillou cherchait à s'enfoncer dans ces souterrains. Il cherchait une de ces citadelles sans fenêtres n'ayant qu'une issue qu'il eût pu murer.

Une colline escarpée, dépouillée, où les oliviers noueux avaient à peine de la terre pour prendre pied, élève son dos de chameau au bord de la route. Des nuées d'oiseaux s'envolaient vers son sommet.

Cornaillou entra dans une caverne.

Hiamina et Mohamed attendirent au dehors tandisque Cornaillou alla explorer l'intérieur de ce tombeau. Il sortit un instant après, en se retenant aux mousses et aux touffes d'herbes qui cimentaient les pierres de l'orifice bizarre de cette entrée, et dit :

— J'ai trouvé le refuge qu'il nous faut, venez.

Et il rentra suivi de Mohamed et de Hiamina qui marchaient à tâtons.

L'intérieur était noir, humide et carré comme un cachot. Une espèce de lueur crépusculaire répandait un vague dans cette prison. On distinguait à peine la configuration funèbre de ce réduit plein d'ombres.

Rond et voûté ce refuge avait la construction épaisse d'une tour qui serait devenue un puits : car le puits c'est une tour enfoncée dans la terre.

Le temps en renversant les choses fait de ces
anomalies-là.

Ce réduit était formé par une muraille déman-
telée et se roulant en spirale sous des avalanches
de débris qui l'étouffaient et l'écrasaient. Dans
cet enfouissement, la famille de Cornaillou avait
un triste logis et un bon refuge. Les bêtes fauves
seules connaissaient cette tanière. Il n'y avait
que les chacals et les lynx qui pouvaient l'avoir
habitée. L'entrée avait l'air d'une porte de hutte.
L'intérieur ressemblait à une citerne. Des pierres
écroulées moisissaient dans cette obscurité
humide et se couvraient de mousse.

Cornaillou et sa famille arrivaient les mains
vides dans ce vide funèbre. Leurs existences
étaient suspendues à un pardon et à un secret.
Il fallait le pardon de Messaoud et le secret dans
la tribu. Toute leur question de vie et de mort
était dans ce secret et ce pardon.

Cornaillou quoique harassé d'avoir passé par
des aventures aussi prodigieuses avait encore
gardé assez de courage pour ne pas désespérer.
Il chercha en tâtonnant une grosse pierre pour
s'y asseoir puis il attira son enfant sur un de
ses genoux et assit Hiamina sur l'autre, et avant

de parler il les embrassa tous les deux dans une seule étreinte puis il dit :

— Hiamina, nous voici au bout de notre voyage.

— Et au commencément de notre repos, ajouta Hiamina.

— Tout dépend de toi, mon Mohamed que nous soyons heureux ou malheureux, reprit Cornaillou s'adressant à son enfant.

— Cela ne dépendra pas de moi, parce que je ferai pour vous tout ce qu'un homme peut faire en ce monde. Dites-moi ce qu'il me faut tenter pour nous tirer de là, et je suis prêt de toutes mes forces à tout risquer.

— Tu vas aller dans la tribu de ton grand père Messaoud, et tu lui diras que Hiamina sa fille et ta mère veut le revoir.

— Tu lui diras que je ne veux le revoir qu'en m'accordant le pardon de Cornaillou, ajouta Hiamina.

— Non, ma Hiamina adorée, ne compromet pas ainsi ta vie.

— Ma vie, elle est à toi. Mon amour est à toi. Je ne veux vivre qu'avec toi. Je partagerai ton sort quoiqu'il t'arrive. Je l'ai juré et je ne rabattrai pas une virgule de mon serment.

— Allons, Hiamina, s'il faut un sacrifice, que ce soit au moins moi seul qui soit sacrifié. Je serais heureux de mourir si ma mort est la consécration de ta vie et de celle de notre enfant.

— Oh ! mon père, dit Mohamet, je me traînerais aux genoux de Messaoud s'il le faut, pour obtenir ta grâce, ou s'il ne veut pas te l'accorder je ne lui dirai pas le lieu de ton refuge.

— Oh ! mon enfant, parle à ma mère, parle-lui de sa Hiamina. Dis-lui bien que je vis encore et que je l'aime toujours, et emporte-lui ce baiser, dit Hiamina en embrassant son fils avec effusion.

— Oh ! je me ferais petit, suppliant, humble comme le serviteur de leur chien pour qu'on m'accorde votre grâce ou je deviendrai fier, arrogant et indomptable comme un chien outragé, si on me la refuse.

— Parle pour ta mère.

— Parle pour tous les deux, répliqua Hiamina.

— Je parlerai pour le mieux, répondit l'enfant.

— Oui, va mon enfant. Emporte notre bénédiction et rapporte-nous notre salut.

Le père et la mère embrassèrent affectueuse-
ment leur enfant.

L'obscurité farouche avait donné une sorte
d'empreinte terrible à ce dialogue et avait fait
une empreinte puissante sur l'esprit de Mohamed.

— Maintenant sais-tu où se trouve la tribu de
Messaoud.

— Non, mais je le demanderai à quelque
passant.

— Viens que je te montre sa maison et la
route qu'il faut prendre pour y arriver.

Alors tous les trois sortirent de cette caverne
en tatonnant. Une fois dehors, tous les trois
montèrent sur la colline déserte. Un sentier
contournait sur ce penchant aride.

La grande étendue de la mer se déployait de
vaste en immense derrière eux et les plaines de
Karesas s'éloignaient sans fin à droite, tandis
qu'à gauche les plaines des prairies venaient se
joindre aux plaines de la mer. A l'ouest le pays
était barricadé par la montagne de l'Edougt.

Quand ils furent arrivés au sommet de la
côte qu'ils gravissaient Cornaillou montrant à

Mohamed un groupe de tentes grises qui apparaissaient dans la verdure du douar comme une volée de grosses mouches, lui dit :

— Tu iras là-bas. Au lieu de continuer la route, tu prendras à gauche et tu longeras le douar jusqu'à l'extrémité où tu vois d'ici que s'élève une maisonnette. Eh! bien c'est là l'habitation de Messaoud. Si tu ne vois personne devant la porte, tu frapperas fort. Examine-bien. Tu reconaitras ton chemin facilement.

— Parfaitement, mon père, dit l'enfant en hochant la tête.

Pendant ce temps Hiamina était en extase les yeux levés vers la tribu de Messaoud son père.

Elle songeait.

Ils redescendirent la colline en faisant de nouvelles recommandations à Mohamed.

Arrivés au bas Hiamina et Cornaillou embrassèrent de nouveau leur fils et rentrèrent dans la caverne tandis que l'enfant alertement continuait son chemin du côté de la tribu de Messaoud.

Il partit avec cette confiance énergique d'une résolution qui vient à bout de tout. Il laissait son père et sa mère pour ainsi dire enfouis dans un sépulcre : c'était à lui de les faire ressusciter par le succès de sa démarche.

Il s'agissait de rugir ou de pleurer afin d'obtenir la grâce par la force ou par la compassion. Cet enfant trop faible pour intimider un homme comme Messaoud pouvait difficilement se résoudre à pleurer. Il allait vers Messaoud avec la rage au cœur. Il se sentait grandi et fortifié de colère comme une colonne inébranlable. L'indignation de cet enfant qui aimait son père et sa mère ne pouvait comprendre comment et pourquoi ils étaient ainsi traqués comme des êtres malfaisants et obligés de se cacher pour se soustraire à la poursuite des hommes. Et c'est ce qui lui donnait la fierté de l'indignation.

# CHAPITRE XXVI

Mohamed sans hésiter alla droit à la maison de Messaoud. Son intéressante figure faisait pour ainsi dire compassion aux chiens qui ne jappèrent pas après lui. Les chiens du douar venaient flairer cet enfant sans essayer de le mordre. Ils sentaient là une faiblesse et semblaient comprendre qu'il ne fallait pas l'effrayer par leurs cris.

Cependant une meute de chiens attroupés le suivaient muettement comme une escorte. Quand les chiens des douars n'aboient pas après un passant ils le suivent en silence et épient ses mouvements jusqu'au moment où ils jugent qu'il faut donner de la voix et courir sus.

Mohamed avait une attitude ferme. Ses yeux noirs semblaient s'éclater en regards phosphorescents. Son visage bruni avait l'animation ardente du jeune âge.

Il était drapé dans son petit burnous comme un fier César. Il se dressait à l'antique.

Messaoud qui était assis devant sa porte le regardait venir avec cette troupe de chiens.

Le voyant arrivé à dix pas de lui, les yeux écarquillés, la mémoire en travail, Messaoud mû par une illumination soudaine bondit vers l'enfant, l'enleva de terre en l'embrassant et criant tour à tour.

— D'où viens-tu ? Qui t'envoie ? mon Mohamed ? Oh ! tu me tombes du ciel.

— C'est ma mère Hiamina qui m'envoie demander son pardon et celui de mon père.

— Ta mère Hiamina ?

— Oui ; elle n'est pas morte. Mon père non plus. Je sais où ils sont puisque je viens d'avec eux. Si vous voulez leur pardonner, j'irai les chercher.

— Mais pour revoir ma Hiamina adorée, mon ange, je pardonnerai à Satan lui-même de m'avoir damné.

Et Messaoud frappa plusieurs coups de pieds contre la porte en appelant.

— Fatma, Fatma, viens voir, viens entendre, viens te réjouir.

Aussitôt apparut Fatma frémissante de trouble. En apercevant cet enfant caressé dans les bras de Messaoud, elle fut comme folle d'épouvante.

— Fatma, voilà le fils de Hiamina, que j'ai vu sur la montagne de Kuelàa où il m'a échappé. Hiamina n'est pas morte. Elle va venir. Réjouis-toi, cria Messaoud.

— Et mon père Cornaillou non plus n'est pas mort, ajouta l'enfant. Il est avec ma mère. Il l'accompagne. Oh! pardonnez-lui pour l'amour de moi.

— Oh! tout, tout est pardonné pourvu qu'ils nous soient rendus. Il est bien juste que Cornaillou soit pardonné, puisqu'il t'a autrefois sauvé, toi Messaoud, et qu'il nous ramène notre fille. Il nous rend notre bien, le repos, le bonheur, et chasse le chagrin, l'ennui. Qu'il soit le bien venu!

— Oh! courons chercher ces enfants prodigues, Mohamed conduis-nous. Nous t'y porterons.

Messaoud fit aussitôt bâter un cheval. Fatma et Mohamed montèrent dessus et Messaoud s'en alla avec eux.

Sur les indications de Mohamed ils arrivèrent dans les ruines d'Hippone.

Mohamed chercha longtemps l'entrée de la caverne, avant de la retrouver. Enfin il s'engagea dans une crevasse affreuse. Messaoud et Fatma le suivirent en trébuchant.

Ils tremblaient de peur dans ce souterrain qui s'évasait au hasard des décombres.

La clarté du dehors pénétrait par des trous semblables à des soupiraux.

Hiamina et Cornaillou en entendant venir quelqu'un se blottirent dans un coin. Mais en apercevant leur fils Mohamed et les deux personnages connus qui le suivaient, ils s'avancèrent et tombèrent à genoux.

Mohamed se mit à leur dire.

— Je vous amène grand père et grand mère qui vous apportent votre grâce et votre pardon.

Messaoud bondit sur Hiamina et la dévora de baisers, tandis que Fatma poussait des cris de joie en baisant les mains de Cornaillou.

— Soyez bénis d'être retrouvés, dit Fatma.

— Soyez bénis après avoir tant été maudits, dit Messaoud en relevant Hiamina dans ses bras.

— Que Dieu vous le rende pour vos péchés répondit Hiamina.

Cornaillou embrassa les mains de Fatma et baisa sur l'épaule Messaoud, tandis que Fatma à son tour prit Hiamina dans ses bras.

Cette mère éplorée l'embrassa tant et tant qu'elle ne pouvait séparer ses lèvres du visage de sa fille retrouvée. Elle étreignait cette enfant couvrit de baisers inassouvis.

Hiamina demanda encore à son père et à sa mère le pardon pour Cornaillou.

— Pardonnez-lui, mon père, pardonnez-lui, ma mère, la coupable c'est moi, le sauveur c'est lui.

— Tout est pardonné pour toujours.

Ainsi la lutte qui avait commencé dans le souterrain de la maison de Messaoud se termina dans une caverne d'une ville écroulée. Le commencement et la fin se sont noués sous terre.

Après la joie de ces paroles échangées, de ces baisers donnés et rendus, tous les cinq réconalliés par le malheur s'en allèrent ensemble, les mains dans les mains. Leurs cœurs désespérés, mornes s'étaient pris à rebattre. La lune d'absinthe s'était convertie en lune de miel.

Cornaillou, Hiamina et leur fils, depuis lors habitent la tribu et la maison de Messaoud. Ce lieu de leurs premières amours devint le sanctuaire de leurs dernières joies.

Tout est pardonné. La famille de Cornaillou absous, est heureuse après tant de tribulations.

A Cornaillou et à Iliamina il leur fut beaucoup pardonné parce qu'ils avaient beaucoup aimé.

Alger, septembre 1871.

FIN.

Mâcon, imp. et lith. Romand frères.

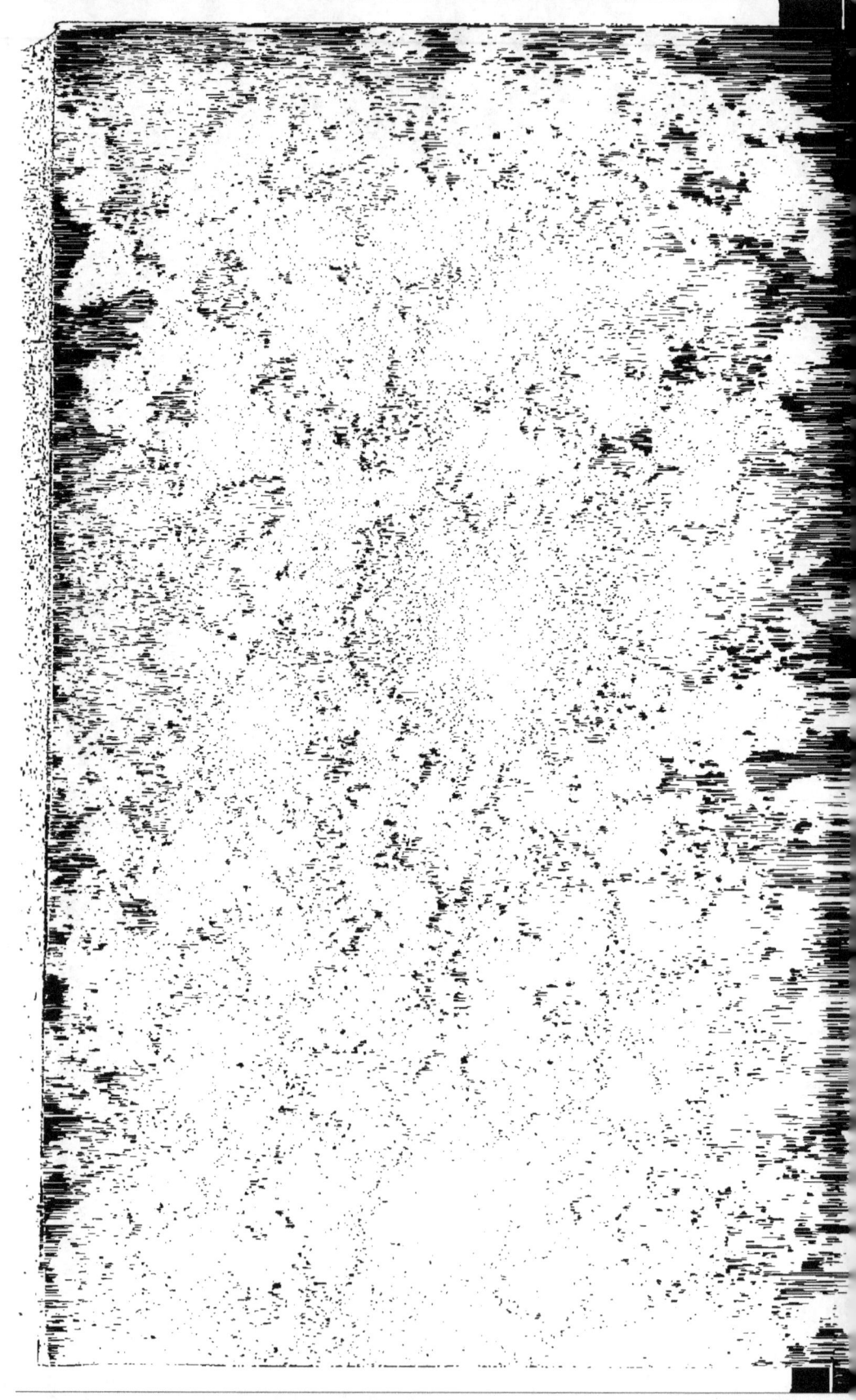